追踪食人狮

[美]威勒德·普赖斯 著

陈林汉 译

北京出版集团
北京少年儿童出版社

著作权登记号
图字：01-2010-1124
LION ADVENTURE by WILLARD PRICE
Copyright © WILLARD PRICE, 1967
Willard Price, the Willard Price Logo and Hal and Roger are trade marks of Willard Price Literary Management Ltd, used under licence by Beijing Juvenile & Children's Publishing House Co., Ltd.
This edition arranged with Willard Price Literary Management Ltd through Big Apple Agency, Labuan, Malaysia
Simplified Chinese edition copyright @ 2023 Beijing Juvenile & Children's Publishing House Co., Ltd
All rights reserved.

图书在版编目(CIP)数据

追踪食人狮 ／（美）威勒德·普赖斯著；陈林汉译. —2版. —北京：北京少年儿童出版社，2024.1（2025.7重印）
（哈尔罗杰历险记）
书名原文：LION ADVENTURE
ISBN 978-7-5301-6556-0

Ⅰ. ①追… Ⅱ. ①威… ②陈… Ⅲ. ①儿童小说—长篇小说—美国—现代 Ⅳ. ①I712.84

中国版本图书馆 CIP 数据核字（2022）第 258041 号

哈尔罗杰历险记
追踪食人狮
ZHUIZONG SHIRENSHI
[美]威勒德·普赖斯　著
陈林汉　译

*
北京出版集团
北京少年儿童出版社　出版
（北京北三环中路6号）
邮政编码：100120

网　址：www.bph.com.cn
北京少年儿童出版社发行
新　华　书　店　经　销
北京同文印刷有限责任公司印刷

*
880 毫米×1230 毫米　32 开本　5.25 印张　150 千字
2012 年 1 月第 1 版　2024 年 1 月第 2 版　2025 年 7 月第 3 次印刷
ISBN 978-7-5301-6556-0
定价：28.00 元
如有印装质量问题，由本社负责调换
质量监督电话：010-58572171

序 言

我们的脑袋是圆的,像个地球仪。而且每个人的脑袋里,可能会想到地球,它的体积有多大?年龄有多大?有哪些有趣的人和事?但对任何人来说,地球都是一个庞然大物,即使倾其一生,也不可能把它跑遍了。怎么办呢?有一个捷径,即看书,这叫作"秀才不出门,便知天下事"。如果你想了解地球上都有些什么新鲜事,特别是大自然中的新鲜事,我建议你看一看"哈尔罗杰历险记"。

威勒德·普赖斯先生出生于1883年,他是个幸运的人,一生中跑了77个国家和地区,包括我们中国,遇到过许多新鲜的人和新鲜的事。他又是一个愿意奉献、不甘寂寞的人,不想把自己的知识和见闻都烂在肚子里,于是便动笔写了一套书,献给全世界的孩子们。于是,在70多年前,就诞生了哈尔·亨特和罗杰·亨特两兄弟的角色。

哈尔和罗杰是约翰·亨特的儿子。约翰·亨特是动物博物学家,几乎跑遍了全球去了解和收集各种各样的珍奇动物。哈尔和罗杰不仅继承了老亨特的基因,而且也继承了爸爸的事业和兴趣。在老亨特的鼓励和安排下,哈尔和罗杰走南闯北,历尽危险和艰辛,从亚马孙丛林到南太平洋小岛,从非洲大陆到格陵兰冰原,从世界上第二大岛新几内亚到地球上最高的山系喜马拉雅山,从正在爆发的火山口到危机四伏的海底世界,足迹延伸到世界各地的各个角落。他们冒着生命危险,勇敢地追逐丛林巨蟒,制服热带巨蜥,巧捕非洲白象,激战北极之王北极熊,深入海底猎奇,大战庞然大物杀人鲸,不仅与凶猛的动物较量,还得与贪婪的人类争斗,常常是弹尽粮绝,走投无路,只能依靠自己的智慧和勇气,才能置之死地而后生。当然,不可能所有的人都像哈尔和罗杰那样,有机会到世界各地去旅游、探险。正因如此，所有关心地球和热爱自然的人，不妨都抽空看看"哈尔罗杰历险记"这套书，希望你能进入角色，设身处地，感同身受，与哈尔和罗杰一起，深入广袤无垠的大自然去畅游、搏击，追随那些曲折的情节，体验无数惊险的场面，肯定会使你深感刺激。而且，书中丰富的知识和简练的语言，也会令人受益匪浅，回味无穷。

最后，还要加上几句，就是关于亨特一家的事业。他们到世界各地去猎取和收集各种各样的珍奇动物，送到动物园和博物馆。一方面固然为人们休闲娱乐、观赏和了解地球上的各种动物做出了贡献，但是另一方面，他们也伤害了许多动物，伤害了大自然……

与70年前相比，人类现在更注重生态保护，对大自然和动物界的了解，都要客观而且深入得多了。但也产生了另外一种值得注意的倾向，就是一厢情愿地去和动物亲近，以至于有人和自己的爱犬亲吻，结果被咬掉了嘴唇。我们说，动物是我们的朋友，是指我们和动物同是生命世界之一员。但这并不意味着，我们就可以和北极熊拥抱，可以跟老虎接吻。动物就是动物，人就是人，即使地球上最最温和友好、亲切好奇的南极企鹅，当我想去摸它的脑袋时，它也会奋起反抗，摆出一副决一死战的架势。因此，我认为，人类和动物朋友的交往，应该是"君子之交淡如水"，最好的做法就是不要去干扰它们，当然更不能去伤害它们。

位梦华

中国最先登上南极大陆的科学家之一
中国作家协会会员、中国科普作家协会会员
享受政府特殊津贴、有突出贡献的科学家

目录
CONTENTS

1 捕捉食人狮　　　　　　　1

2 无辜者　　　　　　　　　5

3 V字形枪　　　　　　　　11

4 察沃的食人狮　　　　　　21

5 打鼾的狮子　　　　　　　29

6 博萨、博萨的儿子　　　　36

7 又多了一个对头　　　　　40

8 气　球　　　　　　　　　51

9 心怀鬼胎的邓根　　　　　62

10 游客与狮子　　　　　　　69

11 铁皮桶与大象　　　　　　81

12 大砍刀　　　　　　　　　88

13 随风而飘的气球	95
14 剑　地	104
15 东非大裂谷	110
16 旋　风	116
17 旋转的塔	122
18 夜　行	128
19 被狮子所救	134
20 住在峡谷中的人	141
21 不高兴的食人狮	145
22 捉住黑鬃狮	150
23 库首领	155
24 智擒大猩猩	159

1 捕捉食人狮

捕捉食人狮

躺在狮子出没的地方等待着食人狮的到来,这似乎是发疯了。

但哈尔并没有发疯到如此地步,他已经19岁,身高1.83米,既有成人的体魄,也有成人的智慧。对于这次行动他已经考虑了很久。在他看来,这次行动似乎是捕捉食人狮的最佳方案了。

他弟弟罗杰14岁,也赞同这个计划。这倒不是由于他遇事考虑周到,而是因为他觉得这次行动对他来说将会是一次令人激动的历险。

就这样,他们躺在有一圈荆棘丛做屏障的隐蔽处。在中非,人们称这样的荆棘丛为"波麻",但罗杰感到这种掩体并不十分保险。

"只有一米多高,"他低声说,"一头狮子能轻而易举地跳过来。"

"但它不会跳,"哈尔答道,"除非它是一头食人狮。大多数狮子一般不会靠近人,只要你不去招惹它。"

"既然如此,那为什么还要用荆棘丛呢?为什么不就坐在空旷的地上呢?"

"如果那样做,就是自找麻烦。你想,在黑暗中,如果一头狮子,或豹子,或犀牛,或大象,或其他什么动物无意中碰到你，它就会受惊。出于自卫它就会攻击你，用利爪猛击你一下就足以使你丧命。但所有的动物都讨厌荆棘，它们一碰到荆棘丛，就会绕开。至少，我希望它们会这样。"

"除了那头食人狮。"

"对。我们已经给它铺了红地毯，正欢迎它来呢。如果它嗅到了我们的气味，肯定会冲着我们来。"

"你希望它来？"罗杰的声音里多少有点发抖。

"我当然希望它来，这就是我们到此地的原因。怎么样，罗杰，害怕了？"

"我才不呢，"罗杰争辩道，"只是有点冷。"

哈尔和罗杰到非洲来的目的不是捕杀动物而是捕捉动物。他们受过父亲的训练，他们的父亲——约翰·亨特——是个很有名气的捕兽能手，有一手了不得的捕捉野兽的技巧。他捕到动物送到动物园或马戏团。但今晚兄弟俩的任务不是捕捉狮子而是要把吃人的狮子除掉。

那是非常不幸的一天，这一天刚刚开始，就有5个人被"谋杀"了。这5个人是在察沃村附近修内罗毕—蒙巴萨铁路时被狮子咬死并吃掉的。

察沃地区的狮子真是臭名昭著。多年前刚开始铺设这条铁路时，许多报纸就刊登了"'察沃食人狮'吞食筑路工人"这种令人恐怖的消息。现在这些狮子，也许是它们的后代，又重操旧业了。

兄弟俩已掌握了捕捉野兽的技能，他们被请来寻找这些食人

1 捕捉食人狮

狮。这可不是件容易的事。他们怎么知道哪些狮子吃人,哪些狮子不吃人呢?无辜的必须加以保护,因为它们是非洲大陆的壮观景象之一。非洲已是它们最后的栖息地了。很久以前,狮子生活在许多地方——欧洲、阿拉伯半岛、巴勒斯坦、印度……随着人口的急剧增长,狮子被不断杀戮。现在非洲已是"百兽之王"的最后落脚地了。威风八面的狮子从地球上消失将是人类的遗憾。

但怎样才能拯救这些无辜的狮子并除掉那些吃人的家伙呢?当然不能开枪把狮子都杀掉,必须找到区别它们的办法。

哈尔已经找到了这种办法。他给狮子布下了两种不同的诱饵:一种是动物,一种是人。动物诱饵是一只死山羊,被放置在距荆棘丛约10米的空地上;人诱饵就是他们兄弟俩。

走到附近的狮子能区分出山羊和人的气味。如果狮子选择山羊,那它就不是食人狮;如果它放弃山羊来攻击荆棘丛中的人,那一定是食人狮了。

罗杰可不想把自己当成狮子的晚餐。

"况且,这种办法不会起作用的。"他说,"如果一头狮子先吃山羊,那也不能证明它不是食人狮。"

"不,能证明。"哈尔坚持道,"一头真正的食人狮只要吃过一次人,就不会再去碰其他动物了。"

"为什么?人的味道非常鲜美吗?"

"食人狮是这样认为的。一旦它尝到了人肉的味道,就不会再对其他动物的肉感兴趣。科学家们的理由是人肉有咸味,而且嫩。同那些整天蹦来蹦去的羚羊相比,人的肌肉是柔软的,人的皮肤是光滑的,人没有羽毛或尖刺。不管怎样,我们不会有危险的,这还有 30 个队员保护我们呢。"

但事情并不像他们想象的那么顺利，当坦嘎——就是那个报告 5 个人死亡消息的车站站长——把他们带到察沃地方长官那里时，那个黑大个子官员充满敌意地说：

"不行，没有 30 个人，就你们俩。"

"那我们怎么干呢？"

"那是你们的事儿，反正没人。"

"能告诉我们原因吗？"

这位长官瞪大双眼，说："我为什么要告诉你们原因？我原是这儿的头儿，我父亲和祖父以前也是这里的头儿，大家都称我为库首领，今天我仍是首领。一个首领说什么就是什么，是不会给人谈什么原因的。"

"你既然是首领，"哈尔提醒他，"是个地方长官，对肯尼亚的人民就负有责任。"

库首领跳起身来。"笨猪！我真想用鞭子抽你们。你们白人应该记住，肯尼亚现在是我们黑人的世界，我们不需要对白人讲任何原因。"他挥了一下手里的蝇掸，这东西是地方长官权力的象征，"好吧，我告诉你们原因。你们的队员一来就会杀死很多狮子，不分好的还是坏的。我们不能让你们那么做，所以你们必须单独干。"

哈尔不再说什么。后来，他告诉罗杰："他真正的原因是什么？他为什么对白人这样憎恨？似乎是想让狮子把我们吃掉。"

2 无辜者

无辜者

灌木丛中传来一阵"嚓嚓"的挪动声。

"听,可能是狮子来了。"

哈尔拿起猎枪。这种枪对付狮子正好,一个 10 发子弹的弹夹,加上膛中原有的一发,共 11 发子弹,杀死一头狮子足够了。

哈尔没让他弟弟带枪,因为罗杰还不知道怎样用枪。此外,还得有人用手电筒照亮,罗杰要干这事儿。

但罗杰也不是赤手空拳,他身旁放着一支 3 米的长矛。他的一个队友说服他带上这支长矛,那是个马骞族人,马骞人以们善用长矛捕杀狮子而闻名,罗杰的马骞朋友已经教会他如何使用长矛。

哈尔认为用长矛来捕杀狮子是件荒唐的事。一个马骞猎手可能办得到,但他弟弟,以为他也能用好一支长矛,简直是愚蠢。不过,让他带上长矛也没有什么害处。

罗杰还带了枚捕兽弹,必要时可以掷向野兽,捕兽弹在野兽面前爆炸。他认为这可以把野兽吓得晕头转向。

"打亮手电筒。"哈尔小声说。

罗杰按亮手电筒,起码有 12 只动物在撕扯那头山羊。真让人失望——它们不是狮子,而是些土里土气的、难看的鬣狗。

它们对亮光毫不在意,一心撕扯着那只山羊,并朝灌木丛那边拖拽。如果它们把山羊拖走,那整个计划就完了。

"向它们扔捕兽弹,"罗杰说道,"吓跑它们。"

"也把狮子吓跑?不——我们得保持安静。"

"但不能让它们把事情都搞糟,扔石头怎么样?"

"可以,如果我们能找到石头。"他用手在地上摸,"这儿有一块。"

哈尔站起身,用力一掷,不偏不倚,正打在一只鬣狗的嘴上,立刻引发出一阵可怕的尖叫声。

这一掷并没有赶跑那群鬣狗,相反,它们不再撕扯山羊,而是咆哮着朝"波麻"走来。

人们说鬣狗是胆小鬼,这样说的人并不真正了解这种野兽。确实,一只单独的鬣狗不会去袭击一个人,除非这个人睡着了。在这种情况下,它会毫不犹豫地溜进帐篷咬掉沉睡者的一只脚或撕碎他的脸。许多猎手就是被鬣狗破相的。如果人醒着,一只鬣狗是绝不会向人进攻的。

如果是一群鬣狗,那完全是另外一回事儿了。它们知道会得到同伴的帮助,因此变得胆大妄为。现在兄弟俩就被一群颚硬齿利的鬣狗包围了,它们正围着荆棘丛寻找能钻得进去的洞。

罗杰打着手电筒不停地转着查看荆棘丛外是否有鬣狗钻进来。鬣狗一露头,哈尔就用枪柄朝它鼻子猛击,它就会缩回去,留下一个洞和一声嗥叫。

但另外一头又往里钻,把这个洞挤大了一点,哈尔又如法炮制地猛击。这时荆棘丛的另一侧传来一声嗥叫,这是在告诉伙伴:到这儿来。

2 无辜者

同时注意到所有的方向是不可能的，也不可能每下都击得准。要不了几分钟，这群鬣狗就会冲进来了。

是狮子救了他们。一声深沉的吼叫使罗杰把手电筒照向荆棘丛外。外面有一头很大很大的狮子，它是被鬣狗那声尖叫吸引过来的。这群鬣狗马上改变了主意，跑进了矮树丛中。

这头狮子朝荆棘丛走来，哈尔端枪瞄准它。"照着它。"他说。哈尔想，这可不是一笔划算的买卖，赶走了一群鬣狗，换来一头更危险的狮子。

灯光在狮子脸上晃来晃去——罗杰拿手电筒的手在发抖。

"把手电筒拿稳点。"哈尔说。

"快开枪。"罗杰催促道。

但哈尔没有开枪。

狮子停了下来，盯着灯光看。它不是害怕，只是被灯光吸引住了。狮子也各有各的习惯，一些狮子怕灯光，一些狮子不怕。有的狮子不仅敢靠近篝火，而且还会躺到刚烧尽的火灰里取暖。

狮子的眼睛有人眼睛两倍大，像两只闪亮的灯泡。在夜里，狮子的眼睛同猫眼一样，只要有较强的光照着它，它就会像镜子一样亮闪闪的。罗杰对这双闪亮的眼睛感到一阵恐惧。

"开枪呀，你这笨蛋，怎么还不动手？"

哈尔将食指搁在枪的扳机上，等待着。

这个庞然大物用鼻子嗅着，一阵微风把两个孩子的气味直接送到它宽大的鼻孔里。狮子站着不动，离他们还不到1.5米远，这是绝对有效的射程。

哈尔很想扣动扳机。这头狮子也可能不是食人狮，但它离人

2 无辜者

太近,已经很不安全了。为什么要冒这样的险呢?就算错杀了一头狮子总比被狮子吃了好。

但他还是没扣扳机。手电光在狮子身上不停地乱晃,狮子抬起头,似乎闻到了什么不喜欢的气味。它慢慢转过身,走向死山羊,开始撕咬起来。

哈尔放下枪,浑身松弛下来。他感到刚才全身都僵硬了,血液也停止了流动,他伸出手拥着弟弟。罗杰在发抖,但他不说是被吓坏了。

"很冷,是吗?"罗杰说。

"当然,是够冷的。"

的确,在东非高地不论白天如何炎热,晚上总是出奇的冷。

狮子抬起它那毛茸茸的大脑袋,望望树丛,然后发出一种非常奇怪的叫声。这不是那种吼叫,而是一种轻柔的,传得很远的哼哼声。

"它在喊它的同伴。"哈尔小声说。

哈尔非常了解狮子的语言,他已是一个训练有素的博物学家。在他生活的十几年中,在父亲的野生动物基地,他和来自世界各地的各种动物打过交道。他了解狮子的叫声比了解其他动物的叫声要多得多,每一种叫声都表达着不同的意思。

一种深沉的呜呜声表示狮子在寻食,一头准备攻击的狮子总要发出低沉的咕哝声。一头狮子在没有进餐前一般是不会吼叫的——吼叫声会吓跑猎物。进餐后,它会发出吼叫——那是一种怎样的吼叫啊!数里之外都能听见这种吼叫声,这比大象的尖叫声传得远多了。它的吼叫声就像是说:"我来了,我征服了对手并把它吃掉了——我是多么了不起!"

两头狮子同行时,交流几乎不间断,时而叹气,时而咕哝,有喘息,有响鼻,有呜咽声,还有像风琴的低音键发出的隆隆声。

当一头母狮与它的幼狮耳语时,它发出的声音非常类似人类母亲的语调,也是温柔、柔和、轻松的牙牙语。幼狮只会喵喵地叫,几乎与家猫的叫声一模一样。

这头狮子的同伴用一种低沉的口哨声回答了它,这声音就像睡着的小鸟发出的声音。谁能想象一头狮子能发出口哨声?这种叫声能骗住人,也不会引起猎物的警觉。

一头巨大的、黄褐色的母狮在罗杰的手电光下从灌木丛中走了出来。雄狮让出一边,使它能与自己共同进餐。狮子不同于鬣狗,鬣狗从不与任何其他伙伴分享它的食物,就连它的配偶也不行。雄狮是家庭中的大丈夫,它会先吃——但不会忘记它的伴侣和子女。

正向山羊走来的这头母狮突然停下来盯着荆棘丛,它朝荆棘丛伸了伸脖子,深深地嗅着气味。这个时候,兄弟俩真希望自己身上最好什么味道也没有。

母狮伏下身子慢慢地朝荆棘丛走来。罗杰的手电光晃动得更厉害了,就是哈尔也感到一股寒意爬上他的脊背,他把枪举了起来。

3 V字形枪

这头母狮不断地用鼻子嗅着,径直朝荆棘丛走来。

它用爪子轻轻地拍打了一下荆棘丛,整个荆棘丛摇晃了一下。如果它再加点力拍打一下,那么整个荆棘丛就会塌。但很明显它不喜欢被刺扎的滋味。它开始围着荆棘丛转圈,罗杰的手电光也就跟着它转。

"我要是你的话,我就开枪了。"他小声地同哈尔说。

"也许,它仅仅是好奇。"哈尔回答道。他知道母狮这一点也跟女士们一样。

围着荆棘丛转了一圈后,这头母狮用后腿支撑站了起来,把前爪扒在荆棘丛上朝里看,罗杰拿起了长矛。

"镇定,"哈尔小声说,"不要动。"

这头母狮朝里看了10秒钟,但简直像过了10分钟。然后它打着响鼻好像要喷出吸进去的难闻的气味,最后才放下前腿落到地上,慢慢走向它的丈夫,一同享受那头死山羊。

哈尔放下枪。这头母狮成功地通过了考试——它不是食人狮。

一只山羊对两头狮子来说是不够吃的,但自私不是狮子的本性。当这对夫妻稍稍满足了食欲之后,它们就停止了进餐。雄狮仰起头发出了进餐后的吼叫,这吼声是告诉数里之内的同伙:这

11

儿在供应晚餐。

不一会儿,狮子们从矮树丛中出现了,一共8头,一下子就把剩下的山羊吃得精光。

但第九头狮子没有加入分享山羊的行列。它看起来同其他的狮子不同——很明显它不是它们中的一员。这头狮子老些、大些,鬃毛是黑色的,而不是常见的浅棕色。它蹲在一旁,紧盯着从荆棘中照出来的光。

虽然那山羊它一点都没吃,但从它嘴角流出的唾液来看,显然是饿得厉害。不一会儿,它站起来慢慢地朝荆棘丛走来。

"我们又得小心了。"哈尔说。他已经有点疲倦了。

兄弟俩渐渐对此已经有些迟钝了,他们不能对每头狮子的光临都保持高度紧张。也许这头狮子同前面的狮子一样,也会讨厌人的气味又走回去吃山羊。

就在这个时候,罗杰开始感到身上痒。

"有什么东西在咬我。"他说。

"可能是紧张的缘故吧。"哈尔说。

但一会儿他自己也感到了痒。一只爬虫爬到他的身上咬着了他最敏感的地方。

"蚂蚁!"他大声说。

为什么这些蚂蚁不能等到这次行动结束再咬呢?

在搭这个"波麻"前他们就仔细地检查了这地方是否有蚁巢,这些蚂蚁肯定是行军蚁,鬼知道是从什么地方来的。它们列队前进就像是训练有素的军队,一切挡在它们前进路上的东西都会被吃掉。真不幸,它们碰巧选择了这条穿过荆棘丛的路。

3 V字形枪

"我们离开这儿吧。"罗杰说。他站起来试图把这些蚂蚁抖下来。

"你给我待着,保持安静!"哈尔命令道。

"保持安静,你怎能在活活地被咬死时,保持安静?"

"被蚂蚁吃掉总比被狮子吃了好。"

"哦,我不怕狮子,它会像前面的狮子一样,让我们虚惊一场。"

"我不清楚,"哈尔说,"它看来想要动真格的。"

狮子的尾巴来回地摇着,一会儿,尾巴不动了,像船的桅杆一样高高地竖着。它两耳竖着,龇着牙,没有吼叫,而是发出轻柔的呜呜声。

从现在这个角度哈尔不能射到它的心脏,他必须打中它的大脑才行,而他知道狮子的大脑并不在头顶部,头顶只是乱糟糟的毛发而已。想射中它的大脑必须朝它两眼中间的地方开枪。他重新瞄准。

这头狮子平伏在地上,哈尔知道这是"预备"动作,紧跟着便是跳跃。

蚂蚁在咬着他俩,哈尔尽力忍住不去理会它们。当狮子的爪子插进土里准备跳起时,哈尔开火了。罗杰立即把捕兽弹扔了出去,恰好在狮子的鼻下爆炸了。这头狮子轻蔑地用前爪拍打了一下,纵身跳进了荆棘圈。

一切发生得太快,罗杰手中的手电筒被碰掉了,在草地上闪着光。罗杰想拿起长矛,但它被压在200多千克重的狮子身下。

哈尔已经跳到一边以免被狮爪抓伤。他不敢再开枪,害怕伤

13

着弟弟。当狮子再次转过身来的时候,哈尔终于把枪口对准了狮子的头。但是,一只爪子又扫了过来,这比棒球棍要厉害得多,能轻而易举地打死一头斑马。这一扫把哈尔手中的枪管打成了V字形。

如果这时候哈尔开火,枪就会爆炸,人和狮子都会丧命,那样这个故事就到此为止了。

哈尔的手指离开了枪的扳机。当狮子张着大嘴向他冲来时,他把V字形的枪猛地塞进了它的喉咙。

狮子仰卧在地上用后爪把枪往外扯,身体在地上翻滚,终于把枪弄出来了,但又被什么东西咬了。

蚂蚁!

它站了起来,想抖落附在身上的蚂蚁。它用嘴咬自己的两肋,用爪子拍打耳朵、喉咙,在荆棘圈内撞来撞去。它早把哈尔和罗杰忘得一干二净。

蚂蚁拼命地攻击这个新的目标。这些蚂蚁比普通的蚂蚁大,差不多有3厘米长,它们的两颚就像把铁钳。

成千上万的蚂蚁参与攻击,它们能把一头动物吃得只剩骨头。它们钻进狮子的喉咙、眼睛、耳朵,正在征服这头百兽之王。

这头狮子跳出荆棘圈,冲进茫茫的黑夜。兄弟俩听到它跳进了附近的一个水坑。

罗杰拾起手电筒,他们相互打量着。他们脸上、手臂上、衣服上都浸有血迹,但他们不清楚这血是从哪来的。他们身上有许多伤痕,但没有一个伤口深得流出这么多血。

哈尔嘘了口气,说:"是狮子的血,不是我们的。我想我打

3 V字形枪

偏了,但肯定打中了它的头。"

"好了,我们出去吧。"罗杰说,"今晚我真累坏了。"

"你知道现在该干什么?"

罗杰当然知道,一个猎手打伤一头野兽后就必须跟踪它并结果它的性命。他不能将一头受伤的野兽放跑,他要结束它的痛苦。还有一个原因:一头凶猛的野兽受伤后会变得更加凶猛,它会在它见到的第一个人身上报复。

"我们天亮后再追吧。"罗杰说。

"我们现在就去追,到明天早上它就会跑出三四十千米远了。"

"但你的枪已经坏了。"

"我们还有长矛。跟我来,但先得把咱们身上的伤口处理一下。"他从夹克衫的口袋中掏出一支青霉素软膏。

"为什么现在要先处理这些伤口?它们并不严重。"

"狮子爪子抓伤的伤口哪怕只一点都能要你的命。因为狮子从来不剪指甲。它确实是讲卫生的动物——像猫那样总是舔洁自己的身子。但它们不能清洁爪子,嵌在爪子里的肉腐烂之后有毒。我认识一个小伙子,他被狮爪抓了点轻伤就在医院里躺了6个星期,他算是幸运的,活了下来。"

哈尔给罗杰擦了点药膏,然后自己也擦了一点。

"该走了。"

"其他的狮子怎么办?"罗杰说。他抬起手电筒,朝山羊照去,确切地说是朝放山羊的地方照去。山羊不见了,其他的狮子也不在。

"太好了,"罗杰说,"我们不必担心它们了。"

"还不能松懈,它们可能就躺在附近消化着刚吃进去的食物。也许它们就在四周。如果我们无意中碰到其中一头,那就麻烦了。如果不去惹它们,倒不会有什么危险,但它们可不喜欢被人踩着。"

哈尔拾起长矛,在一个地方把荆棘丛扒开个缺口,那头受伤的狮子刚才就是从这儿跳进来的。他从缺口处跨出来,罗杰拿着手电筒跟在后面。

地上有一个深深的凹坑,是那头狮子跳出来时落地的脚印。他们沿着血迹径直朝水坑走去,一路上他们紧张地盯着岩石,生怕踩着狮子而不是石头。兄弟俩疲惫地顺着血迹向前走。从灌木丛中不时传来昏昏欲睡的嗥叫声,在水坑边有3头正在喝水的狮子盯着罗杰的手电光。

"稳住,"哈尔小声说,"不要一惊一炸的。"

最重要的是不能露出一点害怕的样子,就是一头老老实实的狮子也会忍不住追食逃跑的人。

"向后退。"哈尔小声说。

还是面对着这几头狮子,他们沿着水坑向后慢慢地移动,一步接着一步。如果绊着树根或小土丘摔倒,那么就没有机会再站起来了。

哈尔感到自己几乎成了对眼儿了,既要盯着狮子,又要寻找那头食人狮跳进水坑后逃跑的路径。追踪脚印已毫无用处,因为到处都是狮子的脚印。

他们沿着水坑退了一半便发现了要找的踪迹——卵石上有红色的印迹。血迹延伸到丛林中消失了。

3　V字形枪

情况比他们想象的要坏。食人狮没待在空旷的地方，它已爬进了矮树丛中。它可能藏在任何一个树丛后，忍受着头部的伤痛和心中的仇恨。如果它听到或嗅到正在逼近的猎手，就会不顾一切地扑过去。狮子一跳能高达3.5米，远及14米。在这儿它还不用跳那么远，因为两旁的灌木距离很近——如果这头食人狮藏在一个树丛后面，它只需跳二三米就能扑倒它的敌人。

罗杰一脚踩在一根原木上，原木一滚，摔了个仰八叉。他翻身用手撑在地上，而后又赶紧站起来。

"留点神，"罗杰站起来时，哈尔恼怒地说，"幸亏你踩的不是那头狮子。"

"算是走运吧！"

"别碰运气！要真是它，它不会就这样放过你的。还好，血迹表明它没在此停留。"

他们沿着沾有血迹的灌木丛又往里走了一截，哈尔停了下来。

"用手电光照这儿——近一点。"

他检查着每一片树叶、每一根细枝。看不到血迹了。可能那头食人狮已经止住了血，但又不太像。食人狮就在附近，更可能就在树丛的背后。

他谨慎地走进一个树丛，想看看树丛的背后及附近。

"小心！"罗杰大叫道，"就在你的身后。"

哈尔迅速转过身，以防食人狮扑过来，但狮子的行为总是出人意料，它没有扑过来。

一对灯泡般的大眼睛在树丛中闪着光，大眼睛上方乱蓬蓬的

17

头上血迹斑斑。

食人狮平趴在地上，它一点一点地向前爬，没有怒吼，没有呼呼的响鼻声，只是像猫那样呜呜叫着。

这不是小猫咪那种友好的叫声。这叫声听起来让人害怕，充满了愤怒和复仇的气息。这叫声不只是从喉咙中发出来的，而是来自那愤怒的身躯，简直就像地震前的隆隆声。

"把长矛给我。"罗杰说。

"不，我来，你走开。"

"给我，"罗杰坚持道，"他们告诉过我怎么用长矛。"

"你力气太小。"

"不用多大的劲儿，"他猛地从哈尔手中把长矛夺过去，"你拿着手电筒。"

没有时间再争了，哈尔接过了手电筒，他猛地意识到弟弟已经长大了。在10秒钟内，他要么葬身狮口，要么就成为一个真正的男子汉。这是马骞族人的习俗——一个年轻的马骞族人只有杀死一头狮子才会被承认是个男子汉。

罗杰开始为他突然爆发的勇气后悔。那对发亮的眼睛，高耸的尾巴就像竖起的枪管，令人害怕的呜呜叫声使罗杰头上直冒汗。他咬紧牙关，试图使自己从紧张中镇静下来。

像他这样的年纪，他的个头和体力都已相当不错了——他相信自己的体力，更以自己的智慧而自豪。此刻，他需要大地母亲的帮助。他没有把长矛刺向食人狮，而是把长矛的箭头斜着朝上插在地上，锋利的箭头对准狮子的胸脯。他紧握长矛，尽量保持好方向和角度。

3 V字形枪

狮子最后的攻击就像一道闪电。相比之下，一头大象，或是一头犀牛，或是一头河马，甚至是一头野牛的攻击都比它慢多了。

罗杰看见那头狮子匍匐在3米外的地上，一眨眼的工夫，就像一颗出膛的炮弹冲出树丛。

但是，长矛的后面是大地母亲，矛头不偏不倚扎穿了狮子的胸脯。狮子两只强有力的前爪抓住了矛杆并拔了出来，吧嗒一声，长矛在狮子的爪中一折为二。这头食人狮愤怒而痛苦地吼叫着倒在地上。它挣扎着想站起来，但又倒下了，再也不能动了。

罗杰突然感到非常虚弱，他无力地坐在地上，用手捂着脸。哈尔把手搭在弟弟不停抖动的肩上，他想说话——但却说不出来。

话语已不必要。他们俩都清楚搭在肩上的这只手臂想表达什么——这不是一个成人对一个孩子的安慰，而是一个男子汉对另一个男子汉的敬意。

4

察沃的食人狮

哈尔和罗杰并不因此而感到高兴。他们并不想捕杀动物,但又不得不杀,人家请他们来就是要捕杀吃人的狮子的。

还有一个人不高兴,那就是库首领。

"这不可能!"当车站站长坦嘎告诉他这个消息时,他咆哮着,"两个孩子——就他们俩?他们的同伴一定帮助他们了,不过,我想我已经下过命令……"

"您的命令得到了很好的执行。"坦嘎说,"两个孩子是单独干的。"

"他们受伤了吗?"

"被狮子抓伤了。"

库首领眼睛一亮,"啊,那太糟了。他们在医院里吗?他们能活吗?"

"他们会活下来——他们甚至不需要到医院去。"

"但你说他们受伤了。很快他们就会中毒,就会死去的,那可太惨了。"

"他们用白人的特效药处理过了伤口,他们不会死的。"

库首领那黑乎乎的脸显得更加阴沉。"我们等着瞧吧!"他注意到坦嘎脸上迷惑不解的神情,又说,"我的意思是说,我们要瞧瞧他们是否得到保护。我告诉他们不必害怕那些爪子或牙齿,他们不会有事的。你能转告他们吗?"

"我会的。"

他确实告诉他们了。在这个昏暗、肮脏的小火车站,孩子们从坦嘎的嘴里得知库首领的许诺——他要保护他们。

他们离开了坦嘎的办公室,在站台上走来走去,不明白这一切到底是什么意思。

"为什么库首领这么急于让我们相信我们不会受到伤害?"哈尔想不通,"他是想麻痹我们,想让我们冒险,这样我们一定会受伤。为什么这个怪家伙总是同我们作对?"

"瞧他那模样,就是个什么事都干得出来的凶残的家伙。"罗杰说,"还有坦嘎——就是他请我们来的。你猜他们俩会是一伙的吗?要干掉我们?"

"坦嘎似乎是个不错的人,"哈尔说,"总是笑眯眯的。"

"我知道,但笑并不能说明什么。你知道哈姆雷特怎么说?一个满面笑容的人可能是个恶棍!"

"好了,"哈尔说,"我可不愿为此伤脑筋。回去眯会儿眼吧,昨晚一夜没睡。"

他们回到铁路旁的帐篷,然而在吊床上怎么也不能入睡。

"我弄不明白,"罗杰说,"怎么会出现食人狮呢?为什么这里的情况这么糟?"

"你听说过'察沃的食人狮'吗?"

"听说过一点,到底是怎么回事?"

"事情就发生在这个地方。当时有2000人正在铺设这条铁路,老板是个叫帕特森上校的建筑工程师。"

4 察沃的食人狮

"因为有些筑路的人病死了,帕特森上校请几个人把尸体埋了,另外付给报酬。但那些人太懒,拿了钱却没有掩埋尸体,只是把尸体扔在灌木丛中。

"那一年可供狮子捕食的动物极少。有两头狮子发现了尸体并把它们吃了。就这样,狮子尝到了人肉味儿。后来又死了些人,他们的尸体也都被吃掉了。每天晚上狮子都到灌木丛去寻找尸体。一天晚上,它们找不到尸体,就冲进一个帐篷,拖走两个人,咬死后吃掉了。"

罗杰一下子坐起来,说:"你是说它们径直闯进了一个帐篷——就像我们这样的帐篷?"

"一模一样的帐篷,并且是每晚光临。"

"难道帕特森上校就没采取点措施?"

"他采取了,但你知道,他是个工程师,不是猎手。他非常有勇气,只是不知道该怎么干。他拿着枪守在头天晚上出事地点附近的一棵树上。可狮子的嗅觉很灵敏,不会再去曾经去过的地方,它们要去攻击别的帐篷。

"后来,又死了一个人,上校把尸体搁在一棵树下,自己爬到树上守着。晚上上校很疲倦,就睡着了。突然,树下的一声咆哮惊醒了他,他动了一下,'扑通'一声砸在一头狮子身上,幸运的是,这头狮子被吓跑了。

"后来上校又设了个陷阱,是一个铁笼子,门后有个弹簧,只要弹簧被踏,门就会紧紧地关上。在笼子的后半部隔了一个小间,里面有两个人,因为是用铁栏杆隔着的,所以很安全。食人狮想要捕食这两个人的话,就会钻进笼子,它一走进笼子就会踏上控制门的弹簧，门就会关上，狮子就无法逃脱了。

"一头食人狮真的钻了进去，踏着了弹簧，门也关上了。狮子咆哮起来，惊动了营地的工人。上校带着4个人拿着来复枪赶来了，他们对着笼子足足射了20发子弹。由于看不清楚，子弹都没有击中狮子，但一粒子弹却击中了门闩，'当'的一声，门弹开了，那头食人狮逃跑了。

"上校还试着用铁皮罐的方法捕捉食人狮，他领着几个人，带着铁皮罐，把食人狮经常出没的灌木丛围了起来，只给狮子留下一条路，上校就守着这条路。当狮子从矮树丛中跑出来时，他就能击中它。

"上校准备好后，其他几个人就敲打铁皮罐，狮子吓得朝路上跑来，上校扣动扳机，只听得扳机'咔嗒'一声，枪没响，是颗瞎子儿，没等他换枪，食人狮已经逃走了。

"经过几次失败后，上校再也得不到他的工人们的帮助了，因为他们认为食人狮是魔鬼，是杀不死的。

"食人狮也的确有魔鬼般的智慧。上校在两具尸体里放上老鼠药，把尸体放在灌木丛中。整个晚上都听得见狮子的吼叫，但第二天早上尸体完好如初，狮子根本就没碰，而营地中又有两个活人倒被狮子吃掉了。

"后来，1000多人罢工了，他们跳上开往蒙巴萨的火车走了。

"留下来的人只好在房顶上或树上搭起避难所。有的人在帐篷下挖坑，坑口用原木盖上，人就睡在下面。原以为睡在里面肯定会安全了，但食人狮却把原木扒到一边，跳进坑里，把人给拖走了。

4 察沃的食人狮

"那些食人狮竟然懒得再把人拖到丛林中去,就在帐篷外吃了起来。虽然人们不断地开枪,可它们根本不屑一顾。

"很多人都躲在一棵树上,树倒下把食人狮压在地上,但他们还没来得及叫带枪的上校,狮子已经挣脱,跑掉了。

"从内罗毕来了两个有经验的猎手,他们曾经捕过好多狮子,对捕杀这两个魔鬼信心十足。但他们刚一跨出火车门,一头狮子就扑倒了他们中的一人。狮子正要咬这名倒地的猎手时,另一名猎手上去营救,结果他也被狮子扑倒,并被撕扯得体无完肤。这名猎手被送到了医院。他根本就没机会朝那头狮子开枪。

"一天晚上,他们将一头死驴放在食人狮很容易发现的地方,上校守在一个高台上,距死驴3米远。台子有4米高,由4根埋在地上的粗原木支撑着一块厚板。

"上校就伏在这块板上,手里拿着枪。夜深了,他听到了一声叹息——狮子饿时常发出这种呵呵的叹息。黑暗中传来阵阵沙沙声,这说明狮子就在附近。上校尽量不弄出声音,但当他举起枪时,枪碰到了木板,狮子马上离开死驴转而寻找弄出响声的活人。

"整整两个小时,上校惊恐地听着黑暗中狮子围着他转,他感到狮子渐渐向他靠近。他想,这头狮子随时都会扑向这个瞭望台,4根原木中只要有一根断了,那整个瞭望台就会垮。

"突然,有个东西打在上校的后脑勺上,上校紧张得差一点从台上摔下来,他以为是狮子从后面扑了上来。后来才发现是只猫头鹰。也许,它误以为上校是根树枝而落在他头上了。

"当这只猫头鹰撞到他时,上校突然的晃动使平台发出了吱

25

吱嘎嘎的响声。狮子听到响声,大吼一声便向瞭望台冲来。这时天边露出了鱼肚白,上校能看见狮子的身影了。

"上校瞄准、开火,只听见一声令人胆战心惊的咆哮,然后狮子就乱冲乱跳,吼声逐渐减弱成呻吟、悲鸣,最后就一点声息也听不到了。

"人们从几百米远的营地奔跑过来。当他们看见这头'恶魔'已经死了,便在上校面前敲起手鼓、吹起号角,在地上打着滚儿,欢呼着。

"人们还得对付另外一头食人狮,它试图冲进睡着了的几个人所在的车站,因为房间的门非常结实,所以它爬上房顶,掀开了房顶上的波纹铁板,跳了进去。这几个人在慌忙中以为在室外比在室内要安全,于是跑了出去,可食人狮也追了出来。

"一个人藏进水槽中,食人狮弄翻水槽,把这个可怜的人拖出来吃掉了。

"后来,来了一个很重要的人物——铁路警察局的警长赖亚尔。他坐着自己的专列来到这里。他是个好射手,对此很自信。他认为只要能碰上食人狮,他一天之内就能解决帕特森上校几个月都解决不了的问题。

"他确实碰上了。他把火车停到旁轨上,与两个朋友——休伯勒和佩尔蒂一道,准备通宵达旦地等着那头食人狮。只要听到食人狮的咕哝声,他们就会冲过去把它杀掉,就那么简单。

"3个人轮流警戒,其余的两人睡觉。警长赖亚尔值第一班,但他却睡着了。休伯勒突然醒来,惊恐地发现狮子就在车内。食人狮把火车的滑门扒开,跳了进来,门又滑回去,关死了。

4 察沃的食人狮

"食人狮跳上赖亚尔的床,一爪打在熟睡的警长头上,锋利的牙齿深深地咬进了警长的胸膛,赖亚尔就这样完了。食人狮把警长的尸体拖到地上,惊醒了佩尔蒂。他发现这头 250 千克的庞然大物就在他的身边。

"休伯勒从狮子身上跳过去,直奔车门,但他打不开门,因为营地里的人被车内的骚动惊起,他们在外面把车门锁住了,这样食人狮就不能闯进营地。

"同食人狮一起关在车内,这两个人肯定魂飞胆丧了。休伯勒在黑暗中去摸索他的枪,但在他拿到枪之前,突然听到一声巨大的哗啦声——食人狮叼着赖亚尔的尸体破窗而逃。

"第二天人们出去搜索警长的尸体,但除了一双靴子什么也没发现。

"到底还是帕特森上校厉害。尽管他不是个很好的射手,但还是他击毙了第二头食人狮。有一次,这头食人狮试图攻击睡在一棵树上的几个人,第二天晚上,帕特森就藏在那棵树上。食人狮来了,想往上爬,但被上校击中了,它咆哮着逃进了灌木丛。第二天一早,帕特森去寻找它。

"他看见食人狮像是死了,但这头'死狮'突然活了过来,向他扑去。

"但食人狮因失血过多而很虚弱,没能完成这次最后的攻击,在离上校 4 米的地方死去。

"就这两头食人狮吃了 100 多人,其中包括 28 个印度人和两名欧洲人;这个故事一而再,再而三地在全世界各种报纸杂志上登载。这两头食人狮的皮陈列在野生动物博物馆。如果你去芝加

27

哥，你就能看到。"

"但你还是没回答我的问题。"罗杰说，"那两头食人狮都死了，可现在这儿还是有食人狮，那是为什么？"

"道理很简单，察沃的食人狮经常把它们的幼狮带在身边，教它们如何捕捉人和享用人肉。那些幼狮长大后又教它们的子女，就这样循环往复。"

"为什么没在其他地方发现吃人的狮子？"

"其他地方也发现了。在非洲，狮子对人的威胁最大。不久前在马拉维，14个人葬身狮口。在莫桑比克，一个月死了20个人。从安哥拉至乌干达，好几头狮子到处吃人，人们花了整整18个月来捕杀它们。在恩特比附近，有一头狡猾的老狮子，它发现每当大象闯进种植园时，人们就会出来驱赶大象，在混乱中它很容易捕捉几个猎物。结果人们杀死了17头狮子，才觉得安全些了。在圣哥，一头食人狮吃了45个人，另一头吃了85个人。只要有狮子就会存在这种情况。"

"那为什么不把所有的狮子都杀了？"

"那就像要禁用汽车一样。死于交通事故的人远比葬身狮口的人要多得多。在我们这个星球上，狮子是最为壮观的动物之一，世界各地的人到非洲来就是为了观赏狮子。当然，我们要努力减少死亡人数。"

"好了，赶快睡觉吧，明早我们得找到另外那个坏蛋。"

5

打鼾的狮子

用不着等到第二天早上。

罗杰被鼾声吵得不能入睡。真奇怪,他哥哥是从来不打鼾的。

是别的帐篷里的筑路工人的声音吗?不像,因为声音很近,肯定是哈尔。

罗杰不愿弄醒他。哥哥白天累了一整天,需要睡个好觉。罗杰尽量不去注意他的鼾声,他把耳朵堵起来,一只埋在枕头里,另一只用被子捂着。

毫无用处,鼾声太大,他还是睡不着。他正准备开口,只听哈尔说话了。

"罗杰,醒醒,你的鼾声把整个营地都闹醒了。"

"我没打鼾。"罗杰抗议。

"可能不是你,因为这声音现在还有,肯定是条鬣狗在外面叫。"

"如果是鬣狗,那也不是在外面,它就在我俩中间。"

"马上就会明白了。"哈尔说着打开手电筒。

在两个吊床之间确实有个东西,但比鬣狗大得多。那是一头硕大无朋的狮子,它长着黑色的鬃毛,样子很像兄弟俩认为自己已经杀死了的那头食人狮。

帐篷的门开着,表明它是从那儿进来的。它轻轻地咆哮着,一会儿瞧瞧哈尔,一会儿瞧瞧罗杰,拿不准哪一个味道更鲜美。

睡觉时,哈尔把一支11毫米口径的左轮手枪放在两个床之间的椅子上了,遇到麻烦时,他和罗杰随时都可以拿得到。这时,他伸手去拿枪。

食人狮抢先了一步,它受到哈尔突发动作的刺激,立刻一爪扫去,椅子被打翻,左轮手枪飞到墙角。

然后,它选择了罗杰,也许是罗杰看起来比他哥哥更鲜嫩,也许是罗杰刚好在手电筒光下,而哈尔在暗处。

说时迟,那时快,它的前爪搭上了罗杰的被子,罗杰拼命抱住被子不让它把被子撕开。食人狮的大嘴就在罗杰的眼前,它大大的黑鼻子几乎碰到了罗杰的鼻子。

食人狮能咬,他也能咬,罗杰猛地一口咬住了它的鼻子,与此同时,哈尔拉住了它的尾巴,这是马赛族人惯用的对付狮子的技巧。因为狮子的鼻子和尾巴是它最脆弱的地方。

罗杰想找武器,但除了床上方的货架里有点食物外,什么武器也没有。绝望中,他抓到一盒做煎饼用的面粉,全都撒向狮子的眼睛。

狮子看起来就像是涂满了蛋奶糊的喜剧演员,如果这是笑得出来的时候,罗杰肯定会大笑不已。

这头食人狮可能经历了无数次厮杀,但它从来未被面粉袭击过。既惊慌,又茫然,它咆哮着挣脱被咬住的鼻子和拽住的尾巴,冲出帐篷。它以为是叼着罗杰冲出来的,但实际上它叼的是个大枕头,因为枕头上人体气味很重。当它撕开枕头时,发现既无肉,也没有骨头,失望地大声吼叫着。

5 打盹的狮子

哈尔跳起来取枪:"这家伙一旦能够看得见,就会去吃人的,它已经发狂了。"

哈尔找到了他的左轮手枪,把另一支抛给罗杰。左轮手枪比来复枪更适于用在这种近距离搏斗中。

他们穿着睡衣,光着脚就冲出了帐篷。手电光下满地是枕头的碎屑,但狮子不见了。

从旁边的一个帐篷传来一阵尖叫,哈尔用手电筒照去,看见食人狮正把一个挣扎的人往外拖。

狮子全力对付着它的猎物,并没注意到哈尔和罗杰。他们开火了。尽管光线很暗,但他们还是看见食人狮倒下了。

被食人狮的吼叫声和受害人的尖叫声惊醒的人们从帐篷里跑出来。

一些人拿着火把,一些人拿着大刀——这种沉重的大砍刀是用来砍树或杀敌的。

他们看见哈尔正把耳朵贴在那满身血污的人的胸膛上,过了一会儿,他慢慢地站起来,说:"他去了。"工人们听得懂哈尔说的是什么意思。

他们看着食人狮,它的脸是白色的。

"你们看,"一个人说,"鬼魂……恶魔……它装死……就是这些狮子吃我们……你们杀不了它们。"

哈尔走到食人狮跟前,抹去它脸上的一些面粉。

"不是鬼魂,"他说,"只是一头狮子——死定了!"

还得做件事——那个受害人的尸体得埋掉。他用手电筒照照四周的地面,寻找丧命于狮口的人。尸体不见了。

5 打鼾的狮子

"尸体呢？"他问道。

一个人答道："已经处理了，你不用操心。"

"你们把他埋了吗？"

"我们办妥了，没你的事儿。"

"我要知道，你们是否给他挖了个坑？"

"坑？太麻烦。我们修路，白天干很多活儿，得晚上挖。"

"那你们怎么弄的？"

"把他丢在那儿了。"说话人指着一片灌木丛。

"难道你们不知道你们做了件多么糟的事吗？"哈尔说。

他大步朝灌木丛走去，迎接他的是一声怒吼。那人的尸体正被一头庞大的母狮撕扯着，母狮旁边是一头幼狮，它也在撕抓着。

这头母狮正在教它的孩子如何吃人肉，就像当初它的妈妈教它一样。

母狮抬起头，怒吼，准备扑向哈尔。有两点使它感到恼火：一是在它进餐前被打扰；二是幼狮的安全受到了威胁。

手拿大砍刀的铁路工人就像风中的树叶，落荒而去，丢下哈尔和罗杰俩人独自去应付。

怎么办？杀死一头带着幼狮的母狮，显然这有损君子风度，可是如果这头母狮不除掉，铁道工人就不会安全。

容不得哈尔再多想，母狮已决定向他进攻。它弯曲四肢，全身像一只压紧的弹簧，猛地一跳，腾空而起直扑哈尔的咽喉。

哈尔一闪，绊在一个树桩上，摔倒在灌木丛中。

母狮闪电般地扑向他，撕扯着他的睡衣。

罗杰围着乱转，寻找机会开枪，但又害怕伤着哥哥。他扯下自己的睡衣在狮子眼前挥动，母狮向后退了一步，同时把注意力转向了罗杰。它大锤般的爪子一下打在他的屁股上，使他摔倒在草地上，但就在罗杰摔倒的一瞬间，他开了枪，子弹正好击中母狮两眼之间的地方。

听到枪声，一些人跑了过来。他们看到的情景真叫逗：两个勇敢的猎手都躺在地上，一个压着另一个，最上面是已死去的母狮。

人们掀掉死狮子，把兄弟俩扶起来。这次他俩身上的伤口比较多，而且比较深。兄弟俩摇摇晃晃地向他们的帐篷走去。哈尔把手电筒照在先前黑鬃狮倒下的地方，狮子不见了——在草地上只有一些血迹和面粉。猎手们告诉过他，有时需要一梭子子弹才能杀死一头狮子，他开始相信猎手们的话了。

兄弟俩瘫坐在吊床上，哈尔伸手在他上方的架子里取出磺胺药粉，支撑着给弟弟处理伤口，然后罗杰给哥哥也处理了伤口。在处理哥哥的伤口时，他被地上什么东西绊了一下，用手电筒照去，是一头幼狮。

幼狮太小，分不清敌友，离开了它死去的妈妈，跟着兄弟俩进了帐篷。当罗杰碰到它时，它像猫一样喵喵地叫，罗杰把它抱了起来。

"可怜的小家伙，"他说，"对不起，我们不得不打死你的妈妈。"

"不要对那家伙动感情，"哈尔警告说，"也许我们还得把它杀了。"

5 打鼾的狮子

"你不会那么做。"

"我会的,如果它母亲已经把杀人的本领教给它了,它终将变成食人狮。"

"我们试试。你手上有血迹,把手放在它鼻下,看它会干什么。"

幼狮把头伸向前,嗅着,似乎想舔,然后把头转开,喵喵地又叫开了。

"你看到了吗?"罗杰得意地说,"它根本不想咬人,它现在更想喝点牛奶。"

"它不饿,"哈尔说,"它妈妈刚才可能喂过它了。用绳子把它拴起来,让它在这儿待一会儿,我们还有事要做。"

6

博萨、博萨的儿子

天刚蒙蒙亮,他们就从帐篷里出来了。

大多数人都回到了自己的帐篷里,有几个人手拿大砍刀,站在一起谈论着昨夜发生的令人激动的事,同时小心提防着另外一头食人狮。

"谁知道那个人是哪儿的,就是被狮子咬死的那个人?"哈尔问。

"知道,"一个人答道,"他是格勒村的人。"

"离这儿远吗?"

"不远,只有10分钟的路程。"

"那为什么没有人去通知他的家人?"

这些人奇怪地盯着他,似乎他说了非常荒唐可笑的话;而后,他们大笑起来。树林中传来了狮子的吼声。"这就是为什么。"有人答道。

哈尔不得不承认这是个不错的理由。谁愿意冒着被狮子吃掉的危险穿过森林中的小路呢?

他对那个知道路的人说:"我们有枪,我们和你一起去。"

这个人很不情愿地同意了。他们出发去格勒村,林中很黑,哈尔用手电筒照着路。

林中不时传来狮子的叫声,但那是进餐后的吼声,不是进餐

6 博萨、博萨的儿子

前的那种饥饿的哼哼声。

"听起来似乎它们已经吃过了,"哈尔说,"我们不会有危险的。"

罗杰希望如此,但他还是很紧张。走出森林,总算松了口气,再爬过一座小山丘就到了。这儿有十几幢用黏土和稻草建的茅草屋。

一个妇人在拾柴火,哈尔的向导问道:"博萨的家在哪儿?"

"就在那边。哎哟,有什么不好的消息?"

"博萨被狮子咬死了。"

这个妇人丢下木柴,尖叫着跑到博萨的茅草屋前敲门。

门开了,出来的是位和哈尔年龄相仿的健壮的非洲青年。在墙的一角,一个妇人在拨弄着地上的一堆火。两个小孩停止玩耍,好奇地盯着这群陌生人。

一个人是否上过学,一般都能看出来。眼前这位就上过。哈尔用英语向他说道:

"你是博萨的儿子?"

"是的。"

"我们有个坏消息告诉你,你父亲受到了狮子的袭击。"

"你是说——他死了吗?"

"他死了。你能去一趟吗?"

博萨的儿子转身用部落语言告诉他的母亲,她慢慢地站起身,看着她的儿子,似乎是惊呆了,她一个字也没说。

他们离开了茅草屋,走了一会儿就听到了博萨遗孀的恸哭声,这哭声听起来叫人难受,他们加快了步伐。

哈尔边走边向博萨的儿子介绍自己和弟弟，但小博萨对此反应并不友好。

"我知道你们是谁，"年轻的非洲人说，"你们来这儿是制止狮子吃人的，但你们没有做到，你们又让狮子把我父亲咬死了。"

哈尔解释道："我们尽了力，狮子先闯进了我们的帐篷。"

"那么你们有机会击中它，你们为什么不开枪呢？"

"它把我们的左轮手枪打飞了。"

小博萨哼了一声："那不是理由，你们应该枪不离身。"

"是的。"哈尔承认道。他开始对整件事情有了一种负罪感。

"后来呢？"小博萨问。

"食人狮袭击我弟，他朝它眼里撒面粉。"

"那么你呢？"小博萨说，"你为什么不趁机拾起你的枪？"

哈尔不喜欢被这个愤怒的年轻人盘问，但他还是忍住了，没有发火。

"一切发生得太快，食人狮叼起了一个枕头就冲了出去。"

"那么你们就有足够的时间拾枪。"

"我们拾起枪，冲出帐篷，这时食人狮已经从另外一个帐篷里把你父亲拖出来了。"

"从你说的来看，"小博萨厉声地说，"是你杀了我父亲，我现在就想杀了你，但得等到我父亲入土以后再说。"

"可怜的人，"哈尔想，"小博萨太难过了，才这样不讲理。"

但当他想责备小博萨时，他痛苦地意识到他和弟弟把这事给办糟了。多么了不起的猎手啊，当一头食人狮自投罗网，撞到自己的枪口上时，却没能干掉它。他感到莫大的耻辱。

6 博萨、博萨的儿子

同时他也感到害怕,因为小博萨不是说说而已。父亲的仇未报之前,儿子是绝不会罢休的,这是当地的传统。

哈尔似乎是在树敌而不是交朋友。他现在四面受敌,他得长 4 双眼睛——一双对付食人狮,另一双对付充满恶意的库首领,第三双得对付库首领手下的坦嘎,还有一双得不分昼夜地对付愤怒的小博萨。

不,还不止 4 双,得 5 双才行,肯定还有一个敌人。是谁把帐篷的门打开放狮子进来的?他敢肯定,睡前他把门系牢了。

旁边的一个帐篷门也打开了,但那是因为有人听到狮子的吼声,想出来看个究竟而打开的,后来狮子就冲进这个帐篷咬死了小博萨的父亲。

哈尔的帐篷门是怎么打开的?一头狮子是不会解开绳结的。谁干的呢?为什么?

7

又多了一个对头

小博萨大步走进铁路工人的营地,站在父亲尸体旁边呆呆地看着他的父亲。

他黑黝黝的脸由于痛苦和愤怒变得更加阴沉。

后来,他抱起尸体,一句话也没说就回自己的村子去了。

工人们围着户外的火堆吃着早餐,很快他们又要去上工了。哈尔看着他们,他难过地想,今天会是哪一个人遭殃呢?

随后,他看见远处有一个白人,那是谁?他决定走过去和他打个招呼。他非常喜欢非洲人,但此时能同自己的同胞聊上几句当然是件令人高兴的事。

他想叫上罗杰,但他弟弟已到帐篷里去侍弄小狮去了。

哈尔大步穿过营地,那个陌生人看见他走来,很快地沿着铁道走了。

哈尔只好半路停下。很明显,那人不愿见他。

这下,哈尔感到很奇怪,也许,车站站长能告诉他那个新来的人是谁。

在车站里,他发现坦嘎已经坐在他的办公桌前,面前放着一杯茶。

"我知道我们这儿来了个白人,"哈尔说,"我是在营地里看见的。"

7 又多了一个对头

"是的,"坦嘎说,"他是乘昨天下午的火车来的。"

"他是谁?"

"是个猎手,名叫邓根。"

"他来这儿要干什么?"

坦嘎在椅子上挪了一下屁股,说:"我想这同你没什么关系吧。"

"但我想有关系。如果一个人不愿和我说话,那就一定和我有某种关系。他为什么跟我过不去?"

"好吧!实际上,亨特先生……你抢了他的饭碗。"

"怎么会呢?我甚至还不认识他,我从来没见过他。"

坦嘎靠在椅背上,眼望着天花板,说:"我想告诉你也没什么害处。大约在一个月前,我们开始遇到食人狮的麻烦。邓根以前帮助过我们,我们就把他请来了。他带着枪到处乱跑,杀死了一些狮子,但很明显没杀死真正的食人狮。还是不停地有人被咬死,因此我们才去见队长,他推荐了你们。我们辞退了邓根,我想他一定非常恼火。他昨天来了,想夺回他的工作。"

"欢迎他来,"哈尔马上说,"我们俩也不是干得很好,你知道昨晚又死了个人。"

"是的,我知道,但你们才干了两天。不管怎样,我拒绝再用他。我以为他会坐晚上的车走的,但他现在还在四处转悠,我看他要捣蛋。注意他,他一定希望你们失手——他会想法让你们失手。如果他办得到的话,他会不择手段。"

哈尔想起了帐篷门的事,他和罗杰都绝不会让门开着上床睡觉的。再聪明的狮子也不可能解开绳结,也许,是这个爱忌妒的家伙干的。

哈尔必须告诉坦嘎这件事,但这毕竟是件严重的事——指控一个人蓄意谋杀。他要不动声色地再看看,下一步将会发生什么事。

他回到自己的帐篷。

罗杰正想法让他的小狮子喝水。

他在地上放了一盆水,这时他正把小狮子的头按在水里。

哈尔大笑道:"你在干什么?淹死它?"

"它肯定渴了,为什么不喝呢?"

"它为什么要口渴呢?"哈尔问。

"因为动物都会口渴的。听着,我了解动物。我养过豹子、狒狒、小象和一头猎豹,它们都喝很多的水!"

"但你没有饲养过狮子。"哈尔说,"难道你不知道一头狮子可以一个星期不喝水吗?它可能是骆驼的近亲呢。"

"但任何动物都需要水分。"

"对,但它不必从水坑或河里喝水。"

"那么它从哪儿得到水分呢?"

"从被它吃掉的动物身上。羚羊体内一半以上是水分,狮子吃羚羊时从中获取了它所需的水分。"

"但这个小笨蛋那么小,哪能捕食羚羊?"

"对,但是大自然的法则却能弥补这一点。在它长大以前,它妈妈的奶水供给它食物和水分。"

"真奇怪,它为什么不喜欢水?"

"它喜爱水。放开它,看它做什么。"

罗杰放开它,它立刻就把肥大的前爪伸进盆中,把水拍得四

7 又多了一个对头

处飞溅。它的爪子显得特别大,这使罗杰想起了雪鞋,或是潜水用的脚蹼。要过好长时间,它的身躯才能长到与它的大爪相协调。它不断拍打着盆中的水。

"你准备给它起什么名字?"哈尔问。

罗杰看着小狮子绒乎乎、肉乎乎的爪子扑打着水,说道:"叫'扑扑'最合适啦。"

扑扑仰卧在盆中,4个爪子在空中乱舞,它高兴地在水中打着滚。

"真奇怪,"罗杰说,"它不喝水却喜欢在水里玩,简直疯了。难道它不知道猫科动物不喜欢把身上弄湿吗?"

"它没有猫科动物的生活习性。狮子喜欢玩水,而且泅水很在行。"

扑扑从盆中跳出来,爬到罗杰的腿上,一只湿淋淋的爪子打在罗杰的脸上,一下就把罗杰打得眼冒金星。

"嘿,住手!"罗杰用袖子擦着脸。

"它只是跟你玩呢。"哈尔说,"如果你想同它交朋友,就得习惯那爪子。狮子喜欢嬉闹,但不知轻重。"

这会儿,可爱的小家伙又开始舔罗杰的手。它的舌头就像砂纸,只舔了三下,罗杰就感到手上的皮好像被舔掉了,他赶紧把手收了回来。

他说:"我们最好给它点东西吃,别让它把我吃了。我们怎么才能搞得到狮子奶呢?"

"可以用这个。"哈尔说。他拿出一听奶,打开后递到扑扑的鼻下,幼狮抬起头叫道:"嗯,嗯!"

"如果我没弄错,"哈尔说,"那是狮子的语言——'不'。如果我们把奶热一下,它也许会喝吧!"

把牛奶在野营小炉上热好后,又有问题了:怎么让它喝进去呢?

把奶倒在一个盘子里,放到小狮子面前,扑扑嗅了一下,显然想喝,但不知怎么喝。罗杰按住它的头,让它的嘴浸在奶里,小狮子猛地挣脱了,胡须上溅满了奶。它还没学会像猫那样舔食东西,它习惯于吮吸妈妈的奶头。

罗杰拿了个汤匙说:"如果你抱住它,我就能把奶喂到它嘴里。"

"那是灌了,"哈尔说,"每隔3小时就要喂一次,像那样喂会用很多时间。此外,任何动物都不愿被强迫进食。我们得给它弄个假奶头,它已经习惯吮吸了。"

"如果我们有一截橡皮管……"

"但我们没有。"

"我想起来了,"罗杰说,"帐篷后有狮妈妈的奶头。"

他出去不一会儿就拿回一根直径约1厘米粗的竹竿,他砍了10厘米长的一截,眯着眼看了看竹竿是否是通的。他把朝上的一头磨光,那样小狮子含在嘴里就不会觉得难受了。然后,他把一头塞在小狮子的嘴里,另一头放在牛奶里。

小狮子本能地吮吸起来,牛奶吸了上来,它用两只前爪抱着竹竿心满意足地进餐。

罗杰看到它不是用脚趾去抓,而是用爪子上边一点脚内侧的一个小趾来扶住竹竿。

7 又多了一个对头

"我还不知道狮子在那地方还有脚趾。"罗杰说。

"人们称那为残留趾。"哈尔说。

"那趾是干什么的？长得太高挨不着地。"

"尽管这样，它们是狮子用得最多的脚趾，而且最危险。一个成熟的狮子的残留趾足有6厘米长，平时它们总是收着，藏在肉趾里，但狮子能把它们伸向不同的角度。它们像剃刀一样锋利，而且非常结实，狮子只用残留趾划一下就能把一个人的躯体划开。"

"但这头小狮子用残留趾握竹竿。"

"是的，它长大以后就会用残留趾抓住食物。它们有点像人的大拇指，如果你没有大拇指就不能抓住东西，一头狮子没有残留趾就不能把东西抓牢。看到了吧，一头狮子可真是全副武装了。但当它闭上嘴，藏起利齿，放下爪子，收起残留趾，它看起来似乎连苍蝇也伤害不了。"

"它还有其他的秘密武器吗？"

"还有一个。你摸一下扑扑的尾巴尖。"

罗杰摸了一下。"哎哟！"他叫道，"尾巴上有根针，就在小狮子尾巴末端的黑毛中。它有什么用吗？"

"防备后部受到攻击。狮子的尾巴十分厉害，如果它的对手从后面上来，就很容易被刺伤，那感觉就像是被大黄蜂叮了一下。"

扑扑喝完牛奶，抬起头，喵喵地叫。简直不能相信，这可爱的小东西将来会成为百兽之王，统治森林。

哈尔俯身，抚摸它的耳后，它就更像家猫一样呜呜地叫，就

7 又多了一个对头

像是风琴的低音。

"我再让你看看狮子像猫的另一面。"哈尔说,"把那瓶面霜给我。"

"你不是给扑扑刮胡子吧!"

"不要怕。"他拿出手帕,在上面抹了一点面霜,把散发香味的手帕丢在扑扑鼻下的地上。

扑扑用爪拨弄着手帕,它高兴得转着圈跑,兴奋得喘不过气来,把脸埋在满是香味的手帕中。

"真像一只大猫。"罗杰说。

"同猫完全一样。"哈尔赞同道,"甚至比猫更喜欢香味。"

"香气里有什么使它这么兴奋?"

"香气对人不也有这样的作用吗?——只是多少而已。至少人们喜欢香味。真是件奇怪的事——香味对雌狮不会产生如此大的作用,雄狮则不能自制。在大的猫科动物身上的作用也不尽相同。豹子和虎喜欢香味,但不那么激动,也许狮子更接近家猫。"

如果能整天和扑扑一起玩该多好呀,但还有更重要的事要做。

他们把小狮子用皮带系在一个床角上,让它独自一个去享受香味,然后出发去寻找食人狮。

到什么地方去找呢?铁路工人分散在5千米长的铁路线上;要两个人监视5千米之内发生的事是不可能的。一头狮子可以长时间趴在地上不动,它棕色的皮毛同它周围枯黄的草地一个颜色,如果它身上有一块黑斑,那也不过像一丛小树的颜色而已。

兄弟俩爬上车站的屋顶,用双筒望远镜观察。

"没用!"哈尔说,"这儿不够高,任何一个矮树丛、一个草丛、一个蚁冢后面都藏得住一头狮子。"

他们下了屋顶，什么也干不了，只能沿着5千米长的铁路线巡逻。

他们手里拿着枪，慢慢地沿着铁路走着，每人各观察铁道一侧的动静。当他们走过营地时，碰巧看见邓根从帐篷里出来，他也拿着枪。当他看见哈尔兄弟俩时，掉头朝相反的方向走掉了。

这是件慢而细致的工作。要判断那些棕黄色的东西是草丛还是狮子，要询问碰到的每个人，看他们是否发现异常情况，还要寻找狮子的脚印。

他们就这样查了半个多小时。这时有一个人慌慌张张地叫着："狮子，狮子！"并向他们跑来。兄弟俩迎上前去，那人摔倒了，喘着气，指着铁路的那一头。

"有多远?"哈尔问道。

"快跑5分钟。"非洲人不用千米而是用时间来计算距离，快跑5分钟就是说你跑5分钟能达到的距离。

兄弟俩立刻朝那人指的方向跑去。他们跑了好长一段路才看见一群人正围着看地上的什么东西。他们挤进人群，看到了他们害怕看到的——又死了一个人，满身都是狮子的爪子和牙齿造成的伤痕。

"你看到了狮子吗?"哈尔问这群人中的工头。

"看到了，"工头答道，"一个好大的家伙，身子两侧是棕色的，头顶是黑色的。"

哈尔想：那一定是大黑鬃狮。

"你们到哪儿去了?"工头冷冷地说，"当我们需要帮助时，

7 又多了一个对头

你们总是不在。"

"我们不能同时照顾所有的地方。"哈尔说。

"你们的同伴——他就在附近,但他没过来开枪。"

哈尔莫名其妙,"我们的人?我们没有同伴。"

"就是邓根那家伙,他为你们工作,对吗?"

"不对,他不为我们工作。"

这声申辩淹没在一阵愤怒声中。很明显,他们不相信哈尔说的。他们因为他的伙伴没有履行职责而怪罪他。

为什么邓根不打死那头食人狮?为什么他让它咬死一个人?

可能是出于怨恨,怨恨他没被雇用,杀死食人狮也不会得到酬金,他何必吃力不讨好呢?让哈尔和罗杰丢人现眼吧,两个白痴!有人在这儿被狮子咬死时,他们却在另外一个地方。如果车站站长还有点头脑的话,就会解雇这两个笨蛋,请回邓根。为了达到这个目的,邓根就这样袖手旁观看着一个人被狮子活活咬死。

兄弟俩赶回去向坦嘎报告这件事。当哈尔说当时邓根就在现场,而他们兄弟俩却在一二千米之外时,这位站长显出一副恶狠狠的模样。

不得不承认,这又是一次失误。还得承认,如果邓根被雇用,食人狮可能已经完蛋了。

"也许,我不该让他走。"坦嘎说,似乎是自言自语,"我得把这事报告给库首领,他肯定会不高兴的。"

哈尔和罗杰怀着沉重的心情走出车站办公室,在站台上踱着步,考虑下一步该怎么办。

"我们应该找到一个看得到整个 5 千米铁路线的地方。"哈尔说。

"那只能是坐在云端上。"罗杰气呼呼地回答。

哈尔若有所思地看着弟弟,"你的想法正说在点上了。就这么办——坐在云端上。"

"开玩笑!"

"不,不是玩笑。走吧,我们去把那架鹳式飞机开来!"

8 气 球

这架小型飞机是马克·克罗斯比的,他是察沃国家公园的守备队队长。哈尔多次驾驶这架飞机帮助克罗斯比赶走屠杀察沃野生动物的偷猎者。

越野车很快就到了20千米外的克罗斯比的营地。队长非常热情地欢迎兄弟俩。

"很高兴再次见到你们。事情进展得怎么样?你们干掉了多少食人狮?"

"一头,"哈尔说,"糟透了,我们随时都可能要卷铺盖。"

"问题在哪儿呢?"

"要照看的范围太大了,我们在这边巡逻时,食人狮却在那边咬死一个人。"

"那你为什么把你的队员都留在这儿呢?如果你带上你的30个人,整个地区就都能照看到了。"

"我知道,"哈尔说,"但库首领不允许,他说我们必须单独干。"

"这是要你们命的最佳方法。"克罗斯比说。

"但他为什么要害我们呢?我们并没有做任何让他不高兴的事。"

"你们活着,他就不高兴。也许因为你们是白种人,这就令

51

他心烦。不要问我为什么，我不知道，这事同他过去的经历有关系。如果你们还能活下去的话，你们就会知道这个秘密了。他是个非常古怪、厉害的人。他的妻子、孩子在毛里叛乱中被谋杀了，这也许有点关系吧。但为什么他把账算在你们身上，我就不知道了。"

"算了，我们尽力而为吧。"哈尔说，"工人们在5千米长的铁路线上工作，如果我们能从高处往下看，我们就能观察到整个区域了。你能不能把那架小飞机借给我们？"

克罗斯比用铅笔轻轻地敲着桌子，他在思考。

"我当然可以借给你们，"他最后说，"但我怀疑这对你们的工作不会起多大的作用。飞机的发动机会发出很大的噪声，会把食人狮吓跑。等你降落、瞄准，它早跑了。一架直升机会好些，但声音也太响了。气球怎么样？"

哈尔笑道："我们到哪儿去弄气球？"

"很简单，你们听说过李尔气球吗？"

哈尔点点头。关于这事，内罗毕和蒙巴萨的报纸都登过。李尔是个美国人，乘气球飞越东非，给动物照相，动物习惯低头看着地，很难发现气球，就是气球在它们上方只有二三十米，它们也不会注意。气球没有声音，下面吃草的、睡觉的、觅食的动物都不会受到打扰。

"气球简直绝了。"哈尔说，"但李尔会把他的气球借给我们吗？"

"他不会借的，但我会借给你们。他已经回英格兰了。在他走之前，他把气球赠给了我们，用来观察察沃保护区，确保那些

8 气球

被他们赶跑的偷猎者不会再来。现在气球就放在离密滋马泉不远的地方,你们愿意去看一下吗?"

他们迫不及待地接受了这份盛情,乘车向南走一会儿就到了,气球飘在察沃河旁一块田野的上空。这条河的一个大水洼被称作密滋马泉。一根粗绳子系在一个大树桩上,牢牢地控制着气球使它不会飞走。一个尼龙软梯从气球下的座舱垂到地上,在座舱里站着一个守备队队员,正用望远镜观察着。在这个足有10层楼高的地方,他能看到方圆十几千米的地方。

在软梯旁站着另一位守备队队员,他有一辆自行车,如果发现偷猎者,他马上骑车回营地发出警报。

克罗斯比打了个手势,在上面观察的人下来了。

"座舱里容不下4个人,"队长说,"我们上去吧。"

他们爬上摇摆不定的软梯,进了座舱。

座舱是个大篮子,四周和底都是藤条编的,可以从网眼中看到地面;当他们踏进座舱时,它又摇又晃。座舱很小,最多1平方米。

座舱四周有8根绳子连接着上面的铁环,铁环上又有12根绳子连接上面的气球。听克罗斯比说,这个气球的直径有15米。

"它是靠什么升起来的?"罗杰问,"热气吗?"

"不是,"克罗斯比说,"有这么大浮力的热气球要比这个气球大3倍。煤气比热气好,氢气比煤气更好,但浮力最大的还是氢气。氢气是最轻的气体,它的重量是空气的1/14。这个气球里全是氢气。"

罗杰向上看去,发觉气球底部有一个洞,大得人都可以爬

53

进去。

"气体会不会从那个洞里跑出来?"他问道。

"不会,因为氢气很轻,只向上飘,从不下坠。"

"那么要不是系在树桩上的绳子,紧紧地拉住气球,它就会升到天上去了。"

"当然。"

"怎么能使气球降下来呢?"

"有个办法。这是阀门线,它直接连着装在气球顶上的阀门。把这绳拉一下,放出去一点氢气,气球就会停止上升,再放一点氢气,气球就会慢慢向下降,降至你所需的高度,就可以着陆了。"

"当然,放出些氢气才能下降。"哈尔说,"如果你又想升上去,怎么办呢?"

"你们看到脚下的袋子吗?这些袋里装满了沙子。抛出一定数量的沙袋,减轻了负荷,气球又会升上去。按你抛出沙袋的数量,气球可以升到任何高度。"

"听起来很容易。"罗杰说。

"我可不想哄你们,"队长说,"驾驭它可不容易,是件非常麻烦又必须十分小心的事。空气中有上升、下降和来自各个方向的气流,飞机穿过它们时都要颠簸,气球没有发动机——只能任风摆布,上升、下降、横飞。如果你遇到了向下的气流,还来不及把沙袋抛出去就栽到地上了。如果你遇到向上的气流,放了太多的气,飘出了这团气流后,你就会像石头一样掉下去。你得随时注意高度表。当然,只要气球系在地上的某个东西上,就不会

8 气 球

出麻烦,就像现在这样。但是,如果固定的绳子松了,或有人割断了绳子,除非你会操纵这东西,否则你就真遇上麻烦了。"

哈尔想起了那些可能割断绳子的人,罗杰只想着气球高高飞起时的那股痛快劲儿。

气球对兄弟俩来说都是新鲜的。他们对飞机非常熟悉,哈尔从小就常摆弄他父亲的私人飞机,是个不错的驾驶员。罗杰在飞机上待的时间也不短。乘坐气球是个古老的方法,但对他们来说却是头一遭,新鲜极了。

四周一片寂静,没有发动机的噪声,这气球就能升到空中,真是不可思议。唯一的声音是风微微吹过索具或他们脚下的藤篮时发出的轻柔的声音。

你坐在飞机的机舱里,和待在地面上差不多,但乘气球就是另一种感觉了,就像是站在空中,没有飞机机舱的窗子的遮挡,可以随意观赏四周的景色:头顶上是蓝蓝的天空,脚下是无垠的大地。乘气球的感觉一定就像小鸟在天空中翱翔,或像乘坐神奇的飞毯一样。

"这个气球有名字吗?"罗杰问。

"有,气球的旗帜上有名字。"

这气球名叫儒勒·凡尔纳。

"李尔非常崇拜儒勒·凡尔纳。"克罗斯比说,"你们知道凡尔纳写的那本著名的小说《气球上的五星期》吗?李尔非常喜欢那本书,他在书中摘录了一段,抄贴在座舱的内侧,就在这儿。"

兄弟俩蹲下身,看到从《气球上的五星期》中摘录的一段话:

55

如果我感到炎热，就把气球升上去；如果我感到寒冷，就把气球降下来。我驾驶气球飘过山崖、河流。遇到风暴，我把气球飘到云层的上面；遇到气流，我驾驶气球像鸟一样绕过它。我不觉疲倦，不需停下休息。借着风势我乘坐气球快速飘过一座又一座城市。有时，我驾驶气球升到空气稀薄的高空；有时，又驾驶它降到离地面只有30米的高度，乘坐气球饱览着非洲大陆壮丽的景色。

"真是美妙极了！"罗杰动情地说，"顺便问一下，那根绳子是起什么作用的？——就是阀门线旁边的一根。"

"千万别去碰它，"克罗斯比说，"那是紧急降落装置。当你扯动阀门线时，气体一点点地往外跑，如果你扯动紧急降落装置，气球顶端就会裂开一个大洞，所有的气体瞬间就会跑得精光。"

"如果发生了最糟的事，"队长说，"比如遇到了风暴，风把气球吹得紧贴地面飞跑，而前方又有岩石或树，你估计肯定会撞上，这时你要是不采取紧急措施，你定会丧命，你就得拉下紧急降落装置，放掉全部气体，气球就会马上降落，当然，还要在地面被拖上一段才能停下。你很可能受点伤，但不会丧命。你会被吹得离开大路100多千米远。你可以修复气球的紧急降落装置，但你却无法再给它充气，因为你没氢气。不能把装氢气的容器放在座舱里，因为容器太重了。装氢气的罐子是钢做的，一个足有1吨重。因为罐里的氢气压力非常大，钢罐必须做得十分结实，

8 气 球

不然就会爆裂。"

"如果真的被吹到100多千米开外该怎么办？用无线电呼救吗？"

"气球上是不携带无线电台的。也许你得走上100多千米才能到达公路，或许你就只能待在原地，指望搜寻的飞机发现了。但不管你选择什么方法，获救的希望很小。所以我劝你们不要用紧急降落装置。"他咧嘴一笑，"现在我把可能发生的事全告诉你们了，你们想一下，敢不敢用这个气球？"

哈尔毫不犹豫地表明——敢用。"我们怎么把气球弄到铁路线那边去呢？"

"那很简单，把那根固定绳系在汽车尾部，拖去就行了。"

他们翻出座舱，哈尔跟着克罗斯比顺着软梯往下爬，罗杰则从固定绳上往下滑。他把挂在裤带上的绳子套在固定绳上，这样能减轻下滑时手与绳子的摩擦。罗杰到达地面时，哈尔他们俩在软梯上才下了一半。罗杰超过他们时，他们没注意，当他们下到地面后，还在仰头向上望。

"罗杰呢？"哈尔疑惑地问。

"我在你后面。"罗杰答道。哈尔转身问道："你怎么下得这么快？"

"跳下来的呀。"罗杰说。

哈尔准备把绑在树桩上的绳子解开。

"等一下，"克罗斯比喊道，"如果你把绳子解开了，你就会马上跟气球一起飞上天。"

哈尔兄弟俩和两个守备队队员使劲拉住固定绳，克罗斯比把

57

绳头牢牢地在汽车后保险杆上打了个活结。

"松手!"大家一松手,固定绳就像弓弦一样绷得紧紧的。

"我们先到营地去拿几罐氢气。"克罗斯比说。

在路上,队长问了一些猎杀食人狮的事。

"你们杀了一头什么样的狮子?"

"是头母狮,它正在教它的孩子如何吃人。"

"真可惜,杀的是一头哺育幼狮的母狮。"

"我也是这样想。但它向我扑来,容不得多想。我们现在照顾着那头小狮子,给它喂牛奶。如果能在牛奶里掺些鱼肝油、葡萄糖、骨粉和一点盐就好了。"

"我给你们提供这些东西。"克罗斯比说,"你们估计那里还有多少头食人狮?"

"只看到了一头,但我不明白一头狮子怎么会吃掉那么多人呢?"

"那是可能的。"队长说,"你记得'察沃食人狮'吧,只有两头食人狮,却吃了100多人。你们看见的是什么样的狮子?"

"是我所见过的最大的狮子,有3米多长,足有250千克。身上是黄褐色的,鬃毛是黑的。它非常狡猾、神出鬼没,工人们说它是魔鬼。如果它是我杀死的那头母狮的配偶,我一点也不会吃惊,它似乎是在为母狮报仇,在我们料想不到的时候它出现,在我们能抓住它之前就溜之大吉了。这个气球会助我们一臂之力的,我们在气球的座舱里,在它还未靠近铁路线时,我们就能发现它,我们就会以最快的速度驱车赶到它会出现的地方,等它到达时,我们早就在那儿等候它了。"

8 气球

"但愿如此。"队长说着,把车停在营地。

人们都从营房或帐篷里出来观看这一少见的景观——一辆越野车拖着一个气球。人群中有些人是守备队队员,一些是从欧洲和美国来的观光者,还有就是哈尔他们狩猎队的队员。哈尔他们有30个非洲黑人队员,这些人曾帮助兄弟俩驱逐到察沃来的偷猎者。他们尽心尽责地把捕获的动物运送到世界各地的动物园。

队员中有图图,他是给哈尔扛枪的,总是咧着大嘴笑;有乔努,他是追捕猎物的好手;还有勇敢的马里,他总是带着一头名叫左罗的阿尔萨斯猎犬。他们和哈尔一起经历过许多惊心动魄的历险。

他们争着不停地问:"为什么让我们待在这儿?""为什么我们不能和你一起去?""为什么库首领不让我们帮你?"

哈尔无言以答,只能劝慰他们:他和罗杰很快就又会和他们在一起的。

"我想我们还得除掉最后一头食人狮。"他说,"要不了多久就可以干完回来。"

他没说出来,要除掉这头食人狮可非同一般,它足以顶得上12头普通狮子。

他们把两罐氢气和给小狮子的食物、药品放在车上。

随即,哈尔和罗杰装出一副愉快的样子与队员们道别。他们检查了车后拉气球的固定绳系牢了没有,又向20千米外的铁路工人营地赶去。

车子开得很慢,一根30多米长的绳子拖着一个近10米高的气球,这同拉挂车完全是两码事。他们很想让气球保持在汽车的正上方,但非常困难。如果哈尔开快了,气球的高度就会下降,甚至落到车后,被扯得拖到地面上。那样的话,氢气就会从气球下面的洞溢出,气球就会瘪下去。

最要紧的是风。很幸运,气流还算平稳,但不时吹来一阵阵风,使气球一会儿飘到车前,一会儿飘到车后。有时气球撞着道路两旁的树,这样很危险,断树枝随时会刺破气球,气跑完后,几百米宽的尼龙布就会把汽车、兄弟俩和他们的希望都罩在里面。

他们碰到的第一批野兽没有造成多大麻烦。一只受了惊的豹子跑进阴森森的林子里去了;河马低头聚精会神地吃着草,没有注意到上面飘过的气球;一头敏感的犀牛听到了汽车的发动机声,立刻停下来,抬起头看,如果它看见气球,它定会认为是一朵云,因为犀牛的视力不好。

路上碰到的一群大象出了点麻烦,它们完全把路给堵住了。在非洲,有些路旁树上挂着这样的牌子:"一定不可挡大象的路!"如果有大象在你要通过的路上,不要按喇叭——弄惊它们是自找麻烦;不要闪灯——那会被认为是对大象的挑衅;不可妄想撞开它们——大象的回敬就非同一般了,它们会弄翻你的车子,并把车子踏得稀烂。

要关掉发动机,静静地等象群离开。哈尔关掉汽车的发动机,等了15分钟、半小时……罗杰越等越不耐烦。

大象只顾把路面上的泥灰用鼻子卷起,甩在背上。它们发觉身上有一层土对防止小虫的叮咬起些作用。

"我们可不能就这样等一整天。"罗杰说,"开动发动机——

8 气 球

也许能惊跑它们。"

"不一定能起作用,"哈尔说,"但可以试试。"

哈尔启动了发动机,这下可麻烦了,大象把两只耳朵张开,竖起鼻子发出可怕的尖叫声,整个象群开始向车子走来。

哈尔赶紧倒车,以最快的速度向后退。但速度还是太慢了,象群越逼越近。只需一头象就可以把汽车撞垮,这20多头大象冲过来后果会怎样呢?

救星从天而降。汽车的速度一快,气球就不能与汽车同步。气球被扯得直往下降,撞到了大象的背部。

大象这种庞然大物还不曾对地球上任何东西感到过恐惧,但它们从未受到来自空中的袭击。象群害怕得尖叫着躲进路两旁的林子里去了。

哈尔赶紧刹住车,立即挂上挡向前开,气球又升了起来。

"好像气球的高度降了一点,刚才肯定跑了些氢气。"哈尔说。他这才从惊慌失措中缓过神来。陆地上最大的动物终于遇到了比它更大的东西。

"全靠这个气球,"罗杰说,"否则我们就成了大象的脚下鬼。"

9

心怀鬼胎的邓根

他们拖着气球到达铁路工人营地时,立刻引起了一阵轰动,所有的人都放下了手中的活计,仰望着飘在空中的大圆球。

"现在我们得找个地方把气球固定好。"哈尔说。

"那边的那根原木可以吗?"罗杰指着一根躺在地上有15米长的大树干说,"那根原木的重量足以拉住十几个这样的气球,我们只要把固定绳绑在上面就行了。"

哈尔笑道:"说起来容易,你怎么把固定绳从车上解下来,然后绑到原木上去呢?"

"先从车上解下来,然后你和我把气球向下拉一点,绑在原木上。"

"你认为我们两个人就能把气球拉下来一点吗?别忘了——刚才我们3个人站在座舱里,气球可是一点都没向下降。如果你和我来解固定绳,那只要10秒钟就会发现我们已经上天了。"

"好吧,"罗杰说,"去叫10个或8个人来拉住气球,我们把绳子绑到原木上去。"

"你没忘了库首领的命令吧——我们必须单独干。"

兄弟俩坐在原木上,考虑如何把绳子绑到原木上去。两个人怎么干得了10个人的活儿呢?这是不可能的,库首领的要求也太过分了。

9 心怀鬼胎的邓根

罗杰抬起头,说:"我来试试看。"

他在车里拿出一根绳子,把一头牢牢地绑在固定绳上,另一头绑在原木上,然后解开车上的绳结,气球只上升了不到 10 厘米,就被刚接上的绳子扯住了,罗杰赶紧把固定绳直接绑在原木上。

他站了起来。"太简单了,"他得意地说,"根本用不了 10 个人,只要动下脑筋就行了。"

哈尔会意地笑了笑,此时他的感觉是复杂的:一是懊悔自己竟想不出这么简单的办法;二是为弟弟能想出这个办法感到欣慰。

兄弟俩都很想马上爬上去开始他们的工作,但罗杰得先去干件事——喂小狮子。他们把给养从车上搬进帐篷时,扑扑正舒服地躺在罗杰的床上睡觉。

罗杰感到有点累,就势躺倒在他的宠物旁边,立刻他像是被电击了似的跳下床,他的脸上、颈部都是被爪子抓伤的痕迹。

原来扑扑被吵醒了。狮子有个习惯,一觉醒来便要伸展四肢活动。扑扑伸出四肢活动,一只爪子抓在罗杰的脸上,另一只爪子抓在他的颈部。

这时它睁开两眼,若无其事地看着罗杰,然后摇摇晃晃地站起来,喵喵地大叫,闹着要吃东西。

哈尔把鱼肝油、葡萄糖、骨粉和少量的盐拌在牛奶中搅匀,罗杰用竹竿喂这个小家伙。

这次罗杰没用消毒剂处理伤口,小狮子的爪伤不碍事,它还不是食肉动物,趾缝里没有腐烂有毒的肉。

回到固定气球的地方,哈尔和罗杰爬上晃悠悠的软梯。

起风的时候,座舱就像是在波涛翻滚的大海中的小船,不停地晃荡。船每次荡到尽头时,船舷就快挨着水面。座舱更像个吊床,荡起来的时候就像荡秋千一样,高高的。他们就像是站在空中的摇篮里。

他们以前经常驾驶和乘坐小飞机,这点颠簸算不了什么。两人各拿一个望远镜,小心地观察四周的动静。

气球的固定点正好是在5千米长的铁路线的中间地带,两人在望远镜里能把3千米远的地方看得十分清楚。这里是个大草原,到处长满了黄褐色的草。灌木丛和1米高的蚁山四处可见。

"好极了,"哈尔兴奋地说,"我们在这上面能看清那些灌木丛和蚁山后边的东西。如果我们再发现不了食人狮的动向,就说不过去了。"

他们用望远镜仔细搜索5千米铁路线两旁的开阔地。观察了一个半小时,罗杰用肘轻轻地碰了一下哈尔。

"看那边,刚出林子的地方,有五六头狮子。"

"我们赶紧去。"哈尔话还没说完就翻出座舱,顺着固定绳滑了下去,罗杰紧跟在他后面。他们行动得非常快,不到20秒钟,就驱车飞奔而去,只一分钟多一点,他们就匆匆赶到了狮子可能光临的地方。

铁路工人吃惊地望着他们,他们一心干活,没注意危险已至。哈尔和罗杰从车里抓起来复枪,跨过铁路,跑过草地,朝狮子的方向奔去。

铁路工人帮不了他们什么忙;因为工人们被禁止携带武器。

9 心怀鬼胎的邓根

他们还得继续干活，只是不时地抬起头焦虑地看看那两个猎手。哈尔他们是唯一能保护工人们免受食人狮袭击的人。狮群懒洋洋地向这边走来。

"也许，它们不一定会伤人。"罗杰说。

"不知道。"

哈尔脱下衬衫，并把衬衫丢到前面30米远的地上，马上又跑回到罗杰的旁边。

狮群走到衬衫旁边，好奇地嗅了一下，用爪子拍打了一下，然后又向前走了几步，躺倒在地上休息。

"你刚才可能说对了，这群狮子不会伤人的。"哈尔说，"衬衫上人的气味很浓，如果它们是食人狮的话，早就把那衬衫撕成碎片了。"

"不见得吧！"身后传来一个人的声音。他们扭头一看，是一直不想和他们见面的那个猎手。

"我知道你叫邓根。"哈尔说着把手伸了过去。邓根握了一下，但相当冷淡。他有张棕色的脸，他的眼神不怀好意，还长着一张令人讨厌的嘴。

"我想你们需要帮忙，"邓根说，"6头狮子对两个经验不足的人来说是多了点。"

哈尔笑了笑。他不想对邓根说他同动物打了多年的交道，他要阻止邓根滥杀无辜的狮子。

"你在放衬衫这个问题上犯了个错。"邓根继续说道，"狮子相当狡猾，也许它们是假装对人的气味不感兴趣，目的是让你们放松警惕。然后，趁你不备就袭击你们或者铁路工人。"

9 心怀鬼胎的邓根

"我知道,"哈尔说,"可是我们有令在身,不得伤害无辜的狮子。既然我们不能断定这群狮子是否吃人,我们就把它们赶回森林里去吧。在它们的上方开枪,小心些。"他对罗杰说:"千万别打中它们,否则,库首领、坦嘎、队长和其他的人都会责怪我们的。"

"这是个好主意。"邓根奸诈地一笑,说着便举起了枪。3个人同时开了枪。

狮群跳起来便往林子里跑去,但其中一头掉了队,摔倒在地上。哈尔用责备的眼光看着弟弟。

"你打中了它?"

"绝对不是我打中的,我是在它们头上方快两米的地方瞄准开的枪。"

"如果不是你,那么是谁打中的呢?"哈尔转身找邓根。

但邓根已经不在他们身后了,他们看见他正顺着铁路直奔车站。

兄弟俩站了一会儿,想知道那头狮子是否真的死了;他们小心翼翼地靠近倒在地上的狮子,它倒在那里一动不动,长满金色鬃毛的躯体蜷缩着,像是睡着了一样,但血从左耳后的弹孔里直往外涌,它确实死了。

哈尔拾回丢在地上的衬衫。他们疲惫不堪地回到车站向坦嘎报告所发生的一切。哈尔刚想开口,坦嘎便截住了他。

"邓根已经把发生的一切告诉我了,"坦嘎说,"你们怎么会出这种事呢?难道你们以前没有用过枪吗?"

哈尔盯着他说:"你的意思是说——邓根把这事归罪于我

们吗?"

"你们给我听着,"坦嘎不耐烦地说,"我完全相信邓根说的话。起码他知道怎么使用枪支,他是个职业猎手。总之,不应该辞退他而让你们这两个愣头青来干这事。"

"你也听着,"哈尔忍住气说,"你有一点说对了,邓根知道如何使用枪支,难道你没想过是他有意杀死那头狮子的吗?"

"他为什么要那么干?"

"好让你认为是我们干的。显然,他已经达到目的了。你自己还警告过我们:他想赶走我们。肯定是他有意打死那头狮子,我们上了他的当。还有一点你也说对了:我们是孩子。我们没他那么狡猾,但你,坦嘎先生,是个大人,我可从来都没想过他竟然能愚弄你这样有头脑的人。"

这些话正说到点子上了,坦嘎很不自在地在椅子里挪动着。

"我早就清楚,我以前,"他语无伦次地说,"不管怎样,我得把这事报告库首领。"

"去报告吧,"哈尔说,"这件事正合库首领之意,库首领的邪恶之心足以理解邓根的坏主意。"

10 游客与狮子

他们又回到座舱里,在空中领略大自然的风光,有种飘飘欲仙的感觉,让人恨不能与自然融为一体。

这是他们的小天地,他们简直就像乘坐飞行器从火星来地球探险的。

地上的每个物体都轮廓分明——营地、火车站的顶篷、在铁路线上干活的工人、远处的草地和森林。向西望去,乞力马扎罗雪峰直耸云霄;向北望去,便是建在山顶上的格勒村;离这个村不远的西面,可以清清楚楚地看到蒙贝村,他们还能数出村里有多少条狗。

气球有些方面比飞机还方便。乘气球,你可以停留在空中观看景物。一架飞机,时速达几百千米,如果你对地上某种东西感兴趣,还没等你看清楚,飞机就把你想看的东西远远甩在后面了。

他们乘坐的朱尔斯·弗恩离地面只有30多米,地上的任何东西都逃不脱他们的眼睛。但乘小飞机就是另外一回事,它的高度至少有2000米,而喷气式飞机竟高达10000米。

而且在飞机的下方经常有些云层把地面的景物挡住了,就算在无云的时候,因距离太远,也还是看不清地面上的东西。

坐在飞机里,只能通过舷窗往外看。而玻璃窗上往往沾满了灰尘和水汽,有时候还会蹭上旅客头上的油脂。看不了一会儿眼睛就累了,还不如埋头读杂志呢。

在气球的座舱里,周围一点遮挡的东西也没有,四下的景色尽收眼底。

从蒙巴萨来的火车进站了。从车上下来了两个妇女,拿不定主意地站在站台上。在地面上,离她们 30 米左右的地方就听不到她们谈话的声音了,但在 30 多米高的座舱居然能听到她们说话的内容。

"我的天哪!"其中一个说,"这是什么鬼地方?"

"看看怎么才能叫辆出租车。"另一个人说。

她们走到一个在长板凳上打瞌睡的黑人跟前说:

"请问,怎么才能到肯塔里营地?"

那个黑人睁开睡意惺忪的眼睛,摇摇手像是赶苍蝇似的。

"他听不懂英语,亲爱的,我们怎么办?"

哈尔趴在座舱的边上,"请原谅,我能帮你们吗?"

两个妇女相互打量着。

"谁在说要帮助我们?你听到了吗?"

"是个说英语的人。"

她们看看长板凳上的黑人,他又睡着了。她们四下张望。

"我发誓——"

"别发誓了,夫人,"哈尔喊道,"你们往上看。"

她们抬头一看,都惊得张口叫了一声。

"帕特丽夏,你看到了吗?一个气球,没错,是个气球。"

"这怎么可能?!"

10 游客与狮子

"你们在上面干吗？小伙子。"

哈尔笑道："等着给你们帮忙哪，你们遇到了什么麻烦吗？"

"我们要去肯塔里狩猎营地。"

"你们不要走远了，营地会来车接的。"

"还得多长时间？"

"还有两个小时。"

"两个小时，小伙子，我们是从美国来这儿旅游的，我们对这里的情况一无所知。两个小时，这么长的时间我们能干什么呢？"

"你们可以到站里坐着等车来。"

"我们到非洲可不是来坐着的。这里有什么值得一看的吗？"

"你们对非洲的村寨感兴趣吗？"

"当然感兴趣。"

"附近有两个村子。到蒙贝村只需要走几分钟的路。"

"你能带我们去吗？"

"对不起，夫人，我们还有事要干。你们自己去就行了。"

两个女人叽叽咕咕讲了点什么，看了一下表，然后就向蒙贝村走去。

哈尔他们看着两位女士走过空旷地带，消失在一小片林子里，又在林子的那一头出现，然后爬上一个小山包，向村子里走去。

就在这个时候，罗杰发现了一头狮子，它从林中闪出来，跟在两个妇女的后面。她们只顾往村子的方向赶路，完全没留意身后狮子跟了上来。

兄弟俩像消防队员那样飞快地从固定绳上滑下来，从车里抓起枪，飞快地跑过草地，穿过林子，朝村子的方向疾奔而去。跑出林子后，他们焦急地看着通往山顶的小路，既没看见那两名妇女，又没看见狮子。

"也许，狮子已经把她们叼走了。"罗杰气喘吁吁地说。

他们上气不接下气地跑上小山包，奔进村子，路两旁是用黏土和茅草砌的茅草屋。他们穿过村子来到村民们经常跳舞的稻场上。

这时，稻场上一阵骚动，一群交头接耳的村民围成一圈，他们一定对圈内的什么东西非常感兴趣。

哈尔他们挤过人群，眼前是一块空地，他们立刻就发现两个女人和狮子都在那儿。

他们赶紧跳到两个妇女前面，面对狮子准备以死相拼。他们举起枪瞄准狮子，如果它胆敢向这两名妇女或村民进犯，那它就得搭上它的小命。

兄弟俩原以为他们勇敢的壮举能赢得大伙的赞扬，因为他们恰好是在紧要关头赶到的；但他们听到的却是一片愤怒的谴责声。随后，一个大个子黑人走到他们面前，压下了他们的枪口。

"不，"他说，"不能开枪。如果你们打死它，我们就杀了你们。"

哈尔这下糊涂了，"这头狮子有什么特别吗？"

黑大个子看来是这个村的头儿，他回答说："这是头好狮子，它属于我们全村。它像狗一样，实际上比狗管事多了。它照顾我们大伙，要是有野牛闯进村，它就会帮我们杀了野牛，要是野猪

10 游客与狮子

群进村毁坏我们的庄稼，它会帮我们赶杀野猪。"

兄弟俩相互看着，满脸愧色。他们这才感到自己的行为很幼稚。他们像救世主一样赶来搭救这些苦难的人，却发现这些人并不需要他们的帮助，就连这两个妇女也无半点谢意。

"看来你们还不完全了解狮子。"名叫帕特丽夏的妇女说。

"那你一定很了解了。"哈尔礼貌地答道。

"当然，我们刚到过克鲁格。在那儿我们乘车在狮群中穿梭，它们并没有对我们不客气。我们的向导把车开到离它们只有5米远的地方，我们坐在车里看它们，它们对我们的到来不屑一顾，打着哈欠，像猫似的在地上打着滚，有些甚至睡着了。这些毛茸茸的猫科动物非常可爱。"

"你们走出车子了吗？"

"没有。因为禁止那样做，但我不明白为什么禁止下车，它们是世上最温柔可爱的动物，不会伤害任何生灵的。"

"你也说得太离谱了。"哈尔说道。

"你不必给我谈论动物了，小伙子。"帕特丽夏尖刻地说，"我在家里养了不少动物，都跟这头狮子一样。你们看，这头狮子多么可爱啊！"

这头"可爱"的狮子打着哈欠，伸出足有9厘米长的残留趾和两排利齿，口里的臼齿清晰可见。它的大嘴正好容得下帕特丽夏的脑袋。

这时，那个黑大个子向哈尔道歉说："对不起，我刚才太粗鲁了。你们好心到这儿来帮忙，但你们不知道，这是头非同寻常的狮子，没有它保护我们，我们就会颗粒无收。你们想参观我们的园子吗？我带你们去看看。"

他们走到村边的园子，那里种满了甘薯、豆子、玉米、咖啡和水果。看到这些庄稼，不需任何解释，哈尔也能理解大个子黑人说的话。如果一群野猪、疣猪、犀牛或狒狒闯进园子，其损失的程度是可想而知的。他们越来越喜欢这头狮子。这个时候，狮子已经睡着了。

"格拉迪斯，"帕特丽夏说，"你见过比这更安静的动物吗？它怎么会伤人呢？"

"太可爱了，"格拉迪斯赞同道，"我真想从它身上弄点什么东西带回去作纪念。弄一撮它的鬃毛吧。"

"听我说，"帕特丽夏激动地说，"它的趾甲难道不是最好的纪念品吗？它光泽度非常好，就像珠宝一样。如果我们一人弄上一个，回去就请珠宝商把趾甲镶在戒指上。反正趾甲剪掉后还会再长的。我包里有把剪刀，现在就动手吗？"

"为什么不呢？"

被这样一个想法所驱使，她们拿着剪刀，趴到熟睡的狮子旁边。当她们靠近狮子时，开始感到有点害怕，因为同这个长满鬃毛的大狮头相比，她们显得太渺小了。改变主意吗？两人对看了一眼，这才想到在太岁头上动土并不是个好主意。

但回家后戴着镶有狮子趾甲的戒指会有多么风光啊！人们肯定会问："你的戒指上镶的是什么东西？"她们就可以得意地回答："是狮子的趾甲，我亲自从狮子趾上剪下来的。"人们又会问："是从一头死狮子趾上剪的吗？"她们又可以得意地回答："才不呢，是从一头活狮子趾上剪的。"人们会赞叹道："啊！你

10 游客与狮子

们可真勇敢!"她们就会若无其事地说:"小事一桩,狮子本来就是只大猫。"

帕特丽夏把剪刀靠近了那可爱的趾甲,手却不停地颤抖。狮子呼出的热浪往她脸上直扑而来,她用剪刀口夹住了趾甲;她剪了一下,但狮子的趾甲太硬了,她使劲剪。

这个时候哈尔和罗杰回到稻场上,看到一幅荒唐的场景:两个妇女跪在百兽之王旁想剪它的趾甲。哈尔不敢喊她们,怕惊醒了狮子。他使劲地摇着手想警告她们,但她们根本没朝他这边看,一心在给狮子剪趾甲。

这会儿狮子被她们弄醒了,它睁开一只睡意浓浓的眼,很不耐烦地看了她们一眼,又抬起巨大的爪子一扫,把她俩打得滚过石子地撞在一堵泥墙上。

它又闭上眼,继续睡它的觉。

哈尔和弟弟把两位妇女扶起来,她们的脸被石子划破了,衣服被弄得脏兮兮,有些地方还磨破了。她们吓得直打战,无力地坐在一根掏空了的原木上。这根原木是被当作鼓用来传递信息的。她们不满地看着熟睡的狮子。

"这狮子怎么能这么干!"帕特丽夏抱怨道。

哈尔坐在她们旁边,他并不想责备她们,他只是想如果没人把她们送到要去的地方,她们一定会出事。

"非常抱歉,刚才发生的事,"他说,"确实不能怪狮子。如果你们醒来发现有人拿武器攻击你们,难道你们不会进行自卫反击吗?"

"但它一直是乖乖的。"

"只要你们不去招惹它,它是很乖的,但要记住:在非洲,狮子是最危险的动物。"

"喂,你不是在吓唬我们吧?"

"我可不想吓唬你们。在记载中,狮子对人的威胁比其他任何动物都要大。一些著名的猎手和博物学家都这样说过。著名的猎手塞勒斯认为,在狩猎活动中,狮子的危险性最大;塔顿和坎宁安把狮子列在危险名单之首;狩猎队队长坦普尔·珀金斯有30年的狩猎经验,给各种危险动物打了分,其中大多数动物都在100分以下,野牛和大象得了550分,而他给狮子打的分是725,堪称危险之首。"

"我知道的可和你说的不一样。"格拉迪斯反对说,"我看了很多旅游杂记,那些旅游者碰到狮子时都没遇到麻烦;他们的文章里对狮子充满了赞誉。"

"你知道那是什么原因吗?"哈尔说,"他们就像你一样坐在车里观赏狮子,他们肯定没有下车。如果他们走出车子,那情形就会不一样了。但你们也不能就此产生完全相反的看法,你们知道狮子为什么能得到百兽之王这个头衔吗?它是勇敢的象征。国王理查德被骄傲地称作'狮一般的勇敢者',英格兰和苏格兰的国王们在盾上打上狮子的图案;挪威、丹麦、荷兰的统治者们在战袍上都绣着狮子的图案;在埃及,狮子被奉为神,祭司们用有香味的水给它们洗澡,选择可口的食物喂养它们,给它们演奏神曲,它们死后,会得到君主般的待遇,浑身涂上香油以防腐烂,人们还为它们举行隆重的葬礼。就是在今天的非洲,人们都为自己被称为狮子而感到骄傲。帝王海勒·西拉斯就称自己为

10 游客与狮子

'犹太人的雄狮'。大象也是了不起的动物,但你们听说过一个国王称自己是大象吗?或者称自己是犀牛、野牛、长颈鹿吗?简直不能想象,理查德被称为'犀牛般的理查德'。人们总愿意把自己比作狮子。帝王将相们在宫廷里喂养驯化了狮子,刚果部落的酋长们喜欢披着狮皮以显示他们的显贵,许多部落奉狮子为神。"

"人们为什么这样看重狮子?"

"因为狮子英勇无比。你们说,你们开车靠近它们时,它们对你们不屑一顾。因为它们知道你们远不是它们的对手。你们已经感觉到了那爪子的厉害了吧,那还是最轻的。如果那头狮子动真格的,恐怕你们早就命赴黄泉了。我见过两头狮子把一匹死马拖上一座坡度很陡的山。要是人去拖的话,恐怕需要 20 个人。一头狮子能轻而易举地跳过 3 米多高的围栏,并能把一头比自己还重的牛从围栏里拖出去。狮子只害怕带枪的猎人,它们对地球上的任何动物都不屑一顾,但是蚂蚁除外。一群蚂蚁叮咬它们的皮肤会令它们不舒服。大多数人认为狮子不会爬树,一般情况下是这样的,但我亲眼见过一头狮子爬上一棵 10 多米高的树,把豹子藏在上面的瞪羚据为己有。狮子很难被打死,一个白人猎手说,一头心脏中弹的狮子竟然跑了 20 多米远。很多猎手就是在狮子受伤后被狮子咬死的,因为狮子受到致命伤后并不立刻倒下。"

"好了。"格拉迪斯说,"我们知道狮子很厉害,但有一点比厉害更重要:狮子聪明吗?它看起来懒洋洋的,很笨的样子。"

"它聪明极了,很有心计。举个例子,如果有一个家畜栏里圈着一大群牛,这时狮群饿得厉害,想捕食栏内的牛,但护栏太高，它们跳不过去。现在，先请你们想个办法，你们就当自己是狮子，怎么才能捕食到牛呢？"

两个妇女想了好一会儿，摇摇头。"想不出来。"格拉迪斯说。

"狮群是这样策划的，一大半狮子在围栏的一边待着不出声，两三头狮子跑到围栏的另一边发出非常具有威慑力的巨吼，没有什么比狮子的巨吼更使牛群害怕了。受惊的牛群就会在栏内乱冲乱撞，直到把围栏冲垮。牛群冲进了等候它们的狮群，狮子就这样捕食到牛群。"

"是相当狡猾，"帕特丽夏承认道，"但狮子也有种可怕的习惯，有时它们吃掉自己的同类。"

"它们不是那种食同类的动物，"哈尔反驳道，"鬣狗才是那样的动物。狮子不在万不得已的情况下是不会那样做的。"

"还有更糟的呢，"帕特丽夏说，"有些狮子吃人。"

哈尔点点头，"是的，有这么回事。我们目前正在追杀一头食人狮，我们不能掉以轻心，这可是一头吃人的狮子。尽管我们大家都吃动物的肉，但我们并不认为有什么不妥。我们坐在餐桌前吃烤牛肉后从不感到有罪，所以狮子吃人的时候也不会感到有罪。当然，我们必须制止它们吃人。"

"有很多动物可以供狮子吃，为什么它们还不满足呢？"

"当狮子能捕捉其他动物时，它们是不会吃人的。实际情况也是如此，大多数狮子更愿意吃其他一些动物而不是人，狮子并不喜欢人肉的味道。但当一头狮子被子弹或长矛打跛了，追不上其他的动物，它就会吃人。在这种情况下，把狮子打跛的人就要

10 游客与狮子

对此负责。再就是,狮子在与大象或犀牛厮斗中受了伤,或者它年老体衰捕捉不到其他动物,它们可能会对人构成威胁。常常发生这样的事,箭猪刺伤了狮子的脸,毒液会使它感到脸和眼非常难受,中毒后的狮子由于疼痛难忍会变得相当暴躁、残忍,它们可能是看不清要追的目标,或者可能是嘴痛得吃不动其他动物坚硬的肉,这时就会不顾人肉味道的好坏而开始吃人了。它们捕捉人根本不费事,再说人肉也软多了。一个不带枪的人遇到狮子就麻烦了,他不能像其他动物那样能够跑掉。人的听觉、嗅觉、视觉远不如一些动物,也没有羚羊那种犄角、疣猪那种利齿、长颈鹿那种蹄子。所以一头受伤或老态龙钟的狮子自然就选择捕捉人。更糟的是,一头食人狮不但自己吃人,还教小狮子吃人。这种可怕的事就很有可能在食人狮中一代一代地传下去。这种情况必须加以控制,这就是我们目前要干的工作——追踪那头吃了很多铁路工人的食人狮。好了,我们得回去做我们的事了。你们愿意和我们一起回车站吗?"

他们离开他们的座舱只有半个多小时,在这么短的时间内,又有两个人喂了狮子。

坦嘎在固定气球的地方等他们回来后,告诉了他们这个消息。

"你们去哪儿了?"他气冲冲地责问。

"蒙贝村,我们看见一头狮子往村里去,以为是食人狮,但后来才发现那头狮子是村民的守护神。"

"你们没有打死它吧?"

"当然没有。"

"如果你们把那头狮子打死了,全村的人都不会放过你们。"

"又有人死了,怎么回事?"

"食人狮是偷偷地从草丛中溜出来的,没人注意到它的出现。它捉住了一个人,想把他叼走,这个人的同伴用撬棍打它,食人狮一下把撬棍打落,接着又把那个人打倒在地,拧断了他的脖子,他立刻就命赴黄泉了,随后食人狮又咬死先抓住的那个人,把他叼进林中去了。"

"是头什么样的狮子?"

"长着黑鬃须的狮子。"

"非常抱歉,"哈尔说,"当我们看见那头狮子向村子里去的时候,我们觉得应该做点什么。"

"这我能理解,"坦嘎说,"只是你们运气不佳。"

他摇着头悻悻地回车站去了。

11 铁皮桶与大象

只顾低着头往前走,坦嘎差点和一个大个子黑人撞了个满怀,他抬头一看是博萨。

博萨也没留意到坦嘎从对面走来,他的眼睛一直盯着30米高的座舱,这时哈尔他们正往座舱里爬。

博萨满脸憎恨的表情。如果人的目光也能杀人的话,哈尔和罗杰已经死在座舱里了。博萨手拿一张弓,身背一袋箭,黑黑的箭头说明箭都涂上了毒液。哈尔他们在座舱里很容易被射中。坦嘎简直想不到这个漂亮的年轻人想杀了哈尔他们。

但他预感到会出事。防止凶杀案的发生是他的责任,这个地区没有警察,除了库首领外,站长是唯一的官员了。如果这个年轻人要找事,坦嘎也应该管一下。

"早上好,博萨。看来你不太喜欢我们的白人朋友。"

博萨这才注意到坦嘎。他咕哝了一句,不想搭理坦嘎。

"等一下,"坦嘎说,"他们得罪你了吗?"

博萨瞪了他一眼,"你还问我呢?你知道是为什么。"

"你父亲是被一头黑鬃须的狮子咬死的。"

"不,"他指着上面说,"是他们俩害死他的。"

"你怎么会有这种想法?"

"狮子先闯进了他们的帐篷,他们应该很容易打死它,但他

81

们竟让它跑了,狮子又闯进了我父亲睡的帐篷,咬死了我父亲。他们应该对我父亲的死负责,实际上是他们害死了我父亲。"

"哦,是这么回事,"坦嘎说,"我可以向你解释一下。他们的左轮手枪被狮子打飞了,他们已经尽了力。"

"用面粉去打狮子?"博萨讥讽道,"你不必为他们找借口了。是他们的疏忽和愚蠢害了我父亲,他们要为此付出代价。"

坦嘎拉着博萨的胳膊,"博萨,听我说,如果你有证据证明是他们害了你父亲,就上法庭告他们,不要莽撞行事。"

"法庭!"博萨轻蔑地一笑,"你很清楚,那可不是我们的方式。如果一个人被杀了,他的儿子得为他报仇!做儿子的不必乞求法庭、法官、陪审团,他必须自己了结。如果你还尊重我们的习惯,就不要干涉我的事。"

"我尊重你们的习惯。"坦嘎说,"但我得警告你,如果你敢动真格的,我就铐上你,送你去蹲内罗毕的大牢。想想吧,别胡来。"

"我凭什么要改变主意?"

"听我说,你难道真的不知道?如果不是哈尔他们,你父亲的尸体早被鬣狗和豹吃得精光了,如果不是哈尔来告诉你,你父亲现在就剩下一堆骨头架子了。是他们使你的父亲得到安息。考虑一下吧,我已经把话说尽了。现在是文明世界了,不是过去那种冤冤相报的时代了。你走吧,不要让我再为这事听到什么了。"

博萨气冲冲地咕哝了一句,转身大步向格勒村走去。

突然起风了,固定绳绷得紧紧的,座舱在风中不停地抖动着,软梯荡来荡去地就像老虎在摇着尾巴。待在座舱里很危险,

11 铁皮桶与大象

从软梯上下去也同样危险。从荡来荡去的软梯上下去,只要一失手,就会摔死在地面的岩石上。

罗杰抬头看到天上一片黑云罩住了这个大气球。

"我们是下去还是在这儿坚持到底?"

"6个一群,12个一群,"哈尔说,"你看那些动物。"

天气的骤变惊动了所有的动物。一群斑马不知所措地在草原上狂奔;高角羚像长了翅膀一样跳过足有3米高的蚁山;风中传来500米远处狒狒的尖叫声;一直睡在太阳下的狮子被这阵凉风惊起,不停地咆哮;兄弟俩密切地注视着狮子的动向,看它们是不是食人狮。

"象群!"罗杰叫道。

四五十头大象翻过小山丘向格勒村席卷而去,它们没有绕道,而是像踩在沙丘上似的踏倒茅草屋,男人、女人尖叫着从茅草屋跑出来。

"快走!"哈尔说着从固定绳上滑下去,罗杰紧随其后,他们向车站跑去。

"坦嘎先生,"哈尔喘着气,"大象群正在袭击格勒村,赶紧集合工人们,带上铁皮桶。"

随即,他和罗杰又向村子奔去。坦嘎的行动也相当迅速,不到一分钟,铁路工人就拥上了通往村子的小路,每个人都拿着大象不喜欢的东西——铁皮桶。

他们发现村民们就像蚂蚁一样,在巢穴被捣毁时漫无目的地瞎忙,大象群这时已跑进村里的园子,踏烂蔬菜,弄倒咖啡树和果树,还不停地吃着庄稼,这些庄稼可紧牵着村民的心啊。

83

工人们敲打铁皮桶的声响盖住了大象的吼声，村民们也打着鼓加入到队伍里。

正在大家忙着驱赶大象群的时候，黑鬃狮蹿了出来，这头狡猾的食人狮知道如何利用大象制造的机会。当食人狮看见人群往村子奔去时，它就尾随而来了。大家都去驱赶象群，没注意到偷偷摸摸跟来的狮子。在这种情况下，它可以乘机捕捉落在后面的人。

在村边的一个茅草屋里，一个女人在弯腰拨弄炉火，她的丈夫也去赶象群了。他匆忙出门时，忘了把门关紧，这个女人的父亲上了年纪，躺在床上，而且还生着病。

黑鬃狮悄悄地把门推开，摸过去，一口咬住了那个虚弱的老人，那女人听到她父亲在叫喊："我被狮子咬着了。"

她转身看见她的父亲正被这头巨大的狮子拖下草席。她这时非常勇敢，从火中抓起一根正在燃烧的木棍，猛地一下打在狮子的脸上。

黑鬃狮没料到这个时候会受到袭击，尤其是被一个女人。火星溅进了它的眼睛，浓浓的烟熏得它直打喷嚏，它被迫放下那位老人，退了一步。它吃惊地望着这个女人，像是说："难道你不知道自己只是女流之辈？你不该这么做，你应该尖叫一声，夺门而逃。"

遭到如此突然的袭击，黑鬃狮暂时顾不上那位老人，它带着刺痛的双眼退出了茅草屋，但它不会就此善罢甘休的。

那个女人跑到父亲身边，他已经闭上了双眼。她呼喊着，但老人毫无反应。狮子那长长的利齿刺破了他的心脏，女儿抱住父

11 铁皮桶与大象

亲的尸体大哭起来。

人们赶走大象回来发现了这一切。他们看见黑鬃狮还在抓另外一个茅草屋的门,他们赶紧把哈尔他们喊来,因为只有哈尔和罗杰带着枪。

但不光是他俩带着枪,邓根被大象的吼声和震耳欲聋的桶声所吸引,也带着枪来了。

哈尔示意大家向后站、保持安静,他和罗杰向还在抓门的狮子悄悄地走过去,他们必须靠近些,以便一枪撂倒它。

邓根和村里的头人站在一起,观望着。"他们不会成功的,"他说,"他们不懂连发。"

"你怎么样?"头人说,"难道你不能帮助我们吗?"

"当然,但我不管这事了。"

"他们来之前,这事是该你干的。"

邓根想:这倒也是。这两个孩子抢了我的饭碗,这下机会来了,如果我杀了这头食人狮,坦嘎就会辞掉他们,重新雇用我。想到这些,他抽出了左轮手枪。

"难道你就不要靠近点吗?"头人问。

"在这儿就行了。"他举枪开火了。

子弹"嗖"地掠过黑鬃狮的后颈,它被枪声所惊,跳起来就跑,哈尔和罗杰赶紧开枪,但它已经跑过了蚁山,等人们再看到它时,已跑向树林,其速度几乎可以与猎豹媲美。

人们发出了叹息声。这时,从那间茅草屋里传出了那妇女的号哭声。

"该死的邓根!"罗杰说,"如果不是他插手,那头食人狮现在肯定被我们打死了。邓根那家伙呢？我得去向他问个明白。"

邓根看到自己连目标都未打中，早就溜之大吉了。

铁路工人们又回工地干活去了，村民们还激动地谈论着。

"他们在谈什么？"哈尔问头人。

"他们说你们永远打不死那头食人狮，因为它根本不是狮子，是个巫师。他把自己变成了狮子，虽是狮身，却有巫师般的诡计。我们知道很多这样的事。一个人死后，被埋在地下，但他从墓穴里钻出来变成了狮子；我们还知道一个巫师能把一根棍子变成一头凶猛的狮子，然后可以再把它变成棍子；我们听说狮子在一起时用人的语言交谈；一颗子弹碰到巫师时会变成水；山那边的一个村子有300多人，头人死后变成了一头吃人的狮子，村里的人只得逃走，把村子全给烧了，然后迁移到一个很远的地方。我们知道狮子的魔力，用它的爪子做护身符可以使你刀枪不入；如果你把爪子绑在脚上，你就可以行走如飞；用狮子的颈骨做的项圈会给你带来好运；用狮子的须做的项圈魔力更大；如果你吃了狮子的眼睛，你的视力就会非常好；如果你吃了狮子的心，你就会英勇无比；吃人的狮子魔力很大。我知道你们白人也会魔法，但愿你们的魔法高过它们。我是毫无办法的。"

哈尔认为他们太无知了。村里的头人应该让村民们懂得多些，而不是让他们总处于一种愚昧无知的状况。

"你们村有学校吗？"哈尔问。

"没有学校。为什么要有学校？我们能从祖先那儿获得智慧。"

哈尔看了一眼没被大象捣毁的茅草屋，都是用黏土和草做

11 铁皮桶与大象

的,看来他们祖先的智慧也不过如此。他非常同情这些人,这些人本性善良,但他们需要受到教育和得到机会。他们现在的情况很糟——一半的茅草屋、1/3 的园子被象群捣毁了。幸亏他和铁路工人赶来了,不然整个村子全完了。但他没能阻挡黑鬃狮伤人。

12

大砍刀

回观察点,哈尔和罗杰还得穿过树林中的小路。

他们走在昏暗的林间小道上,听到后面有人光着脚板踩树叶的响声,他们转身一看,是博萨。

那个健壮的黑人这次没带弓箭,哈尔原以为他的气已经消了,但当博萨从鞘中抽出一把刀刃涂满黑色毒液的大砍刀时,哈尔顿时明白了。

"总算有了个机会,"他满脸凶相,"没人会打扰我们,现在是你们付出代价的时候了。"

"博萨,"哈尔说,"难道我们不能忘了那些,交个朋友?我们对你父亲死的事深感遗憾,但那不能怪我们。"

"是你们害了他。"博萨说,"今天又发生了那样的事,又是你们让那头狮子咬死我们的人。"

"你这是什么意思?"罗杰愤愤不平地插嘴道,"照你说的好像是我们派它来吃人的。"

"今天死的那人是我们村里的长者之一,你们的任务就是保护他和其他的人免受狮子的伤害。"

罗杰还想说什么,哈尔拉住了他。"发火是毫无用处的。"他说,"博萨,你说得对,我们应该保护你们。目前,我们还没有打死那头食人狮,但我们已经尽了力。难道今天不是我们来帮你

12 大砍刀

们赶走象群的吗?"

"是的,你们帮我们保住了一些白菜和甘薯,但那怎么能和一条人命相比?够了,准备接招吧。"

"在你干蠢事前,我还得说上一句,"哈尔说,"我告诉过你我们带着枪吗?"

"我知道你们有枪,"博萨轻蔑地说,"你们白人是懦夫,没枪就不敢斗了。对我来说,用这就行了。"从林子的间隙透过来的太阳光照在那把近一米长的刀上,闪着寒光。

哈尔不再说什么,唯一能做的就是想法制伏这个脑袋发昏的家伙,但他没有把握能制伏他。他拔出左轮手枪丢在地上,罗杰拔出枪,拿在手中。

"把枪放下,"哈尔说,"你让开点。"罗杰也把枪扔在地上。

博萨吃惊地看到对手丢掉手中的武器,但他没打算放下大砍刀。他向前一冲,挥刀就砍,如果不是哈尔闪得快,这一刀的力量足以使他身首分家。

刀锋刚过,哈尔的右拳就打在对手的肋骨上,接着对准他的太阳穴又是一记左直拳。

一般的人挨了这两拳必定再站不起来了,但博萨却毫无反应。他举刀又是猛地一劈,哈尔又躲开了。哈尔闪到博萨的旁边,抓住了他拿刀的手,猛地一击,大砍刀便从博萨的手中飞了出去,擦着罗杰的头飞过,插在了一棵树上。

博萨并不在乎武器被打飞了,他一记重拳打在哈尔的脸上。哈尔发现用这种硬碰硬的办法难以制伏对手,得用巧劲儿。

哈尔一下抱住了博萨。哈尔虽然从未学过柔道或徒手自卫

12 大砍刀

术,但他知道如何把对手脸朝下摔倒。

他把对手扳倒在地,博萨惊讶得还没反应过来,哈尔一下跨坐在他身上。尽管他被哈尔压得连呼吸都困难,但还是想挣扎着站起来。哈尔一拳打在他后脑勺上,博萨昏了过去。

15分钟之后博萨醒过来,他发现手脚都被藤子绑着,哈尔还坐在自己的身上。

"动手啊,"博萨嘴对着地咕哝道,"杀了我吧。"

"你在说什么?"

"你们杀了我吧。"

"我可不想杀你。"

"我可要杀了你们。如果我活着,我会那么干的。"

"你会改变主意的。"哈尔说,"我一直在等你苏醒过来,因为我要和你谈谈。"

"没什么好谈的,杀了我吧。"

"非常抱歉让你失望了。"哈尔说,"我们不会杀你的,要一直等你说清楚什么使你这样发疯,你这样干可不是你们这里的习惯,你肯定有什么烦恼的事,告诉我们。"

"什么也没有。"

"那好,我就坐在你背上等你说出来。"

"那随你的便。"

过了30分钟,博萨就受不住了。"你要像这样坐多久?"他说。

"等你告诉我什么事使你的脾气变得这么坏。"

"那跟你有什么关系?"

"你说出来,我会帮你解脱的。"

"你是什么人?"

"我什么也不是,但碰巧我喜欢你——你那种血气方刚的性格。我认为你这样做是在浪费青春。这一切到底是为什么?年纪轻轻的怎么会变成这样?我知道你不是真的想杀我,你究竟是为什么?"

博萨沉默了一会儿,然后无力地笑了笑:"你还真看透了我的心。"

"怎么了?"

"我确实不想真的杀你,是为了别的事。让我起来,我就讲给你听。"

哈尔开始解他身上的藤子。"不,"罗杰叫道,"他这是在骗你。"

"我想他不会的。"哈尔说着解除了博萨手脚上的藤子,博萨僵直地站起来。他的大砍刀就在旁边的树上,但他没有去拿刀,而是一屁股坐在一根原木上。

"我真不明白你是怎么想的。"他说,"你有机会杀了我,我也认了。我变成这个样子已有一段时间了。我父亲活着的时候,我总是对他大发雷霆,后来又是对你们。我憎恨所有的人。"

"你上过学。像你这样受过教育的人怎么会变成这样?"

"正是这个原因,"博萨说,"我上过学,想在这个世界上大干一场。我还想为村里做上一件了不起的事。"

"什么了不起的事?"

"我想做一名教书先生。我们村子最缺的是学校。我去找过

12 大砍刀

库首领谈了我的想法,他对我的想法付之一笑。我又到内罗毕找教育委员会,他们告诉我,村里的孩子可以到50千米外的学校去上学。我对他们说,那样月亮当空的时候,孩子们就得上路。他们说没钱请老师。我告诉他们,我可以免费给孩子们上课。他们说没钱建学校,我告诉他们,我们村自己能建。他们又说没有经费来维持学校的开支,像书、铅笔、纸张、黑板等。他们要我忘了这事。我想我自己先干着再说,因为我父亲在铁路上干活,还能挣点钱。现在他死了,我就得赚钱养家了。我到工地找活儿干,但他们说正在裁员,不需要我。"

"那倒也好,"哈尔说,"像你这样上过学的人应该找个比在铁路上卖苦力更好的事做。"

"所以我现在无事可做,"博萨说,"我对此深感伤心。如果学的东西不能用,上学又有什么用?"

"你可以到内罗毕去找份工作。"

"我想那是可以的,但那就太可笑了——我做梦都想为村里人做点什么,这是我在学校时一直都在想的事。内罗毕并不需要我这样的人,而格勒村需要。可我感到我在这里就像是你们10分钟前看见的那样子——手脚被捆着,施展不开。"

"刚才是我给你松的绑,对吧?"哈尔说,"我现在再给你松一次绑,让你施展开来。如果我父亲听到你说的话,我知道他会说什么,我这就代他说了:我们有30个伙计现在正想干点什么,我让他们来帮格勒村的人盖所学校,而我们狩猎世家也很乐意出资维持这个学校和支付教书先生的工资。"

博萨的嘴巴张得大大的,眼睛睁得圆圆的,像是以前从未见过哈尔似的,足足盯着哈尔看了好几分钟。随后,咕哝道:"我——我不知道说什么好。"

"你什么也别说了,什么时候可以开始?"

"随时都可以,明天早上。"

"难道你不需要时间计划一下吗?"

"计划!我已经计划好几年了。"

"好,我一到车站就给营地挂电话,我的人明早就可以开工,你给他们把活计安排好,就可以乘车去内罗毕订购你所需的课桌、板凳、书、黑板等东西,让他们把账单寄给我。"

博萨这时候明白了哈尔说的是真的,他的脸这才露出了笑容,他的眼笑得眯成了一条缝,嘴也合不拢。哈尔从未看到博萨这样笑过。这时候的博萨非常英俊。

"我去告诉村里的人。"博萨说着准备上路。

"等一下,"哈尔说,"你没忘了什么东西吗?"

哈尔从树上拔下刀,递给博萨。博萨咧嘴笑了,他把刀放进鞘里向格勒村跑去。

13

随风而飘的气球

哈尔他们打完电话后,回到帐篷里,赶紧给扑扑喂食。他们自己也吃了些东西,然后向观察点走去。

"库首领在那边。"罗杰说。那个黑大个子地方官正在视察铁路线上的工地。

"我们过去和他说句话。"哈尔建议。库首领看见他们走来,故意避开了。

"莫名其妙,"哈尔遗憾地说,"我真想知道他到底为什么对白人有这么大的敌意。"

气球在大风中乱摇,座舱就像瞪羚一样乱跳。这种天气爬上去不是好事,但兄弟俩还是很想上去。软梯前后猛烈地摆动着,哈尔他们抓住像蛇一样扭动的软梯往上爬。

他们一口气爬进了座舱。一手扶着座舱,一手拿着望远镜观察可不是件容易的事,因为拿望远镜的手不停地晃,看到的东西都模糊不清。高高的、同狮子颜色一样的草在风中摇着,像是草又像是狮子。在摇摆不定的座舱里,他们感到头晕目眩,想吐。

但他们一直坚持到天快黑,工人收工的时候。当最后一名工人回到营地后,他们才准备下去。

哈尔的一条腿跨出座舱,搭在固定绳上,但他感觉不对头,通常这根绳子是绷得紧紧的,这时却是软软的。

他突然意识到风不是迎面在吹，相反，他们似乎是随风而去。

他的感觉是对的。他们脚下的地面向后移去，固定绳肯定是松脱了——或被什么人砍断了。他隐隐约约看见一个人正从固定气球的地方走开。

他收回伸出去的脚，竭力保持镇定地说："我想我们是飞起来了。"

罗杰往下一望，车站的房顶在下面一晃而过。

"我的老天爷！"他大叫道，"趁时间还来得及，我们赶紧滑下去吧。"

"把气球放了？天知道它会落在什么地方。"

"我可不愿随它飞走，"罗杰说，"难道我们不能做点什么吗？拉紧急降落装置怎么样？那样气球就会落下去。"

"气球会被树枝剐得乱七八糟，"哈尔说，"同时我们也会摔得粉身碎骨。这会儿我们肯定飞到森林上方了吧？"

他从座舱里抓起手电筒，照不到地面，便又放了回去。在座舱里看，车站里灯火通明，但四周一片黑暗，什么也看不见。

"我感觉像没动似的。"罗杰说。

当气球固定在地上时，风吹得绳索呼呼作响，他们谈话得高声喊，现在却到处是一片寂静。

"这是因为我们顺风而飘，而不是逆风而行。"哈尔说，"我们不是没动，我们是在随着时速60千米的风飘行。"

前面的风鸣声打破了寂静。

"快点！"哈尔说，"把沙袋扔点出去。"

13 随风而飘的气球

"这是什么声音?"罗杰边问边开始往外丢沙袋。

"是风吹树林的响声。如果不赶紧丢沙袋,我们就会被树枝挡住;如果撞着它们,那一切都完了。"

哈尔用手电筒照了一下高度表。

"我们现在的高度是 30 米多一点,高度还不够,有些木棉树有 40 多米高。"他们又丢了一些沙袋。

前面的声音说明他们快到树林的上方了。气球在往上升,但很慢,可能到树林时,气球还升不到 40 米的高度。

罗杰不停地往外丢沙袋,哈尔把软梯往上收,以防挂到树上。本来应该把固定绳也收上来,但已经没时间了。

他们撞到了林中的树上。强大的碰撞力差一点把他们从座舱里抛出去,树叶和树枝抽打着他们的脸。这时,他们不再随风飘动,而感到了迎面吹来的风。

树枝把气球刺破了吗?哈尔拿手电往上照,还好,气球在树尖的上面,只是座舱被卡住了。

"我们现在怎么办?"罗杰问,"爬出去?"

哈尔向四周照了照。

"四周的树枝都支撑不住人。"

"天啊!这可糟了。"

"不,这样正好。如果没有粗树枝,我们还能飞起来。"

又是一阵狂风吹来,座舱卡得更紧了。受惊的犀鸟从巢穴里飞出来,鸣叫着。这种叫声是从它鼻腔里发出来的,就像巴松管吹出来的声音。鸟的叫声丝毫不能减轻哈尔他们的紧张情绪。

一阵更大的风吹得座舱猛烈地碰撞着树枝。哈尔想收回固定

13 随风而飘的气球

绳,可是它好像卡在什么地方了,拉不上来。他使出浑身的劲儿,但毫无反应。

还是风帮了他们的忙。一阵狂风吹着气球,把座舱和固定绳硬是从树杈中拔了出来。

他们又一次随风飘荡。这会儿他们有机会把固定绳收上来了。罗杰高兴地叫喊着,好像他们所有的麻烦都解决了。下一步是选择一个没有树的地方降落。

但事情并不那么简单,他们没法找到可以降落的地方,离开铁路线就没有不长树的平地。另外,在这么大的风中降落意味着座舱要在凸凹不平的地上拖上几百米,也许会撞到一座坚硬的蚁山或一块岩石上,那么座舱就会散了架,他们也会撞成肉饼。

或者,他们正好落在受惊的象群中、发怒的犀牛群中、饥饿的鬣狗群中,狮子这种时候也在觅食。

风把他们吹得距离营地越来越远。在其他的营地降落怎么样?在肯塔里营地降落!现在刮的是东风,哈尔计算出,风会把气球向西吹,经过察沃河谷,在肯塔里营地的上空飞过。

可能他们这会儿正在肯塔里营地的上空。他打开手电照亮头顶上的气球,他非常希望下面的人会注意到气球。但他心里明白,这种机会是微乎其微的。天黑以后,各种野兽都会在营地四周活动,守备队员、管理人员和游客不会在外面逗留。

但哈尔还是用手电照着气球。突然,他看到地面上有一点微光,那是从一个小屋的窗子里透出来的。

"使劲喊。"他对罗杰说。他们的喊声之大足以把死人唤醒。但喊声被风卷走了。只用了10秒钟,他们就被吹过了营地,吹到了营地东面旷野的上空,他们的脚下一片漆黑。

前方出现了一个黑乎乎的塔,挡住了天空中闪烁的星星,塔上有个白色的顶,像是白色的屋顶,又像是空中的一朵白云。

一个有白色屋顶的塔?哈尔竭力在脑子里勾画着地图,肯塔里的正面是什么地方呢?

他突然想起来了:山!

哈尔的心猛烈地跳动起来,他尽量使自己说的话显得平静:"我想我们又遇到麻烦了,正前方是乞力马扎罗山,气球正朝它飞去。"

罗杰盯着那个戴白帽子的黑乎乎的怪物。

"难道我们不能绕过它吗?"

"根本没机会了,你又不是在驾驶飞机,没办法控制这个气球。"

"从山的上方飞过去怎么样?"

"海拔近6000米,是非洲最高的山!气球只能飞过海拔2000米的山峰。就算我们把所有的沙袋全部丢出去,我看也飞不到海拔6000米。"

"如果我们撞上它,"罗杰说,"也许只会受点轻伤,然后我们就从山坡上下去,找个村子。"

哈尔惨淡地一笑,"山坡,什么山坡?难道你不记得从望远镜中看到山的这一面是什么样子吗?全是悬崖峭壁!气球撞上去,我们就别想活着走出座舱。如果气球没被撞破,我们就会贴在崖上,直到……"

"直到饿死吗?"

13 随风而飘的气球

"直到风向变了,把我们吹离崖面。"

"那是不可能的,"罗杰说,"你知道,这个季节刮的是信风。"

"是的,信风一年大部分时间是从东向西吹,除非出现奇迹。但愿奇迹能出现。"

哈尔是个考虑问题严谨的人,但在这种关头,也不免有些想入非非。罗杰紧张地用手电照着前方,悬崖的轮廓愈来愈清晰,但气球并没有以时速60千米的速度向崖冲去。

"气球慢了下来,"罗杰说,"怎么回事?"

哈尔猜想着原因,"悬崖挡住了大风,也许我们不会撞死了。"

他们根本没撞上悬崖,相反,悬崖在他们眼前开始往下溜,或许这是种错觉吧。不一会儿,他们意识到不是悬崖向下溜,而是气球在上升。为什么气球会突然上升呢?

哈尔注意观察高度表:150米,300米,450米,这下真是把人给弄糊涂了。1500米,3000米,4500米……

"我们乘上热流了。"哈尔说。

"什么热流?"

"一股上升的热气。"

"为什么这儿会有热气?"

"悬崖储存了太阳光的热量,晒热了的岩石使周围的空气变暖,热空气是向上升的,我们也就跟着升了上来。"

"真是了不起的奇迹!"罗杰激动地说。

大风根本就没减弱。风吹在悬崖上被迫改变了方向,剩余的风力在热气的影响下向上升。

"我只希望上升的势头不要减弱。"哈尔说。

"怎么会呢?"

"有可能的,我们就要进入寒冷世界了,就像从赤道到北极一样。半个小时前我们还在热带丛林,现在你瞧。"

热气渐渐没有了,取而代之的是冰和雪。气球升到了终年不化的冰川后就开始往下沉。

"快把沙袋丢出去,"哈尔喊起来,"如果我们在这里停住,很快就会被冻死的。"

把沙袋扔掉也起不了多大作用,座舱开始擦着冰面,雪还在不停地下,寒风刺骨。

罗杰试图使他和哥哥振作起来,说道:"我们可以在这儿建个小屋住下,等待别人来救我们。"他们冷得发抖,手指头都冻木了,还忍受着高山缺氧的折磨。

座舱在冰面上磕磕绊绊,一阵风把气球吹动了一下,又是一阵风,气球又动了一下。他们还在不停地往外扔沙袋。气球像个跛脚的人,艰难地在冰面上挣扎着。突然它升起来了,升高了差不多一米。他们觉得空气比刚才暖和一些了,透过暴风雪,隐隐约约看见座舱下面不是冰雪,而是一个黑色的大洞,大洞的深处有火光闪动。

几万年前,乞力马扎罗是座活火山,据报道该火山近期又有爆发的迹象。尽管它尚未喷出熔岩,山顶上的冰雪也未融化,但有个火山口已经开始冒蒸汽了。

也就是这些蒸汽挽救了气球和兄弟俩。气球渐渐地升起了一

13 随风而飘的气球

二十米,慢慢地飞过了山峰。

兄弟俩又松了口气。"我敢打赌,这是人类第一次乘气球飞过这座山峰。"罗杰说。

14

剑 地

气球开始下降。

是罗杰先注意到这一点的:"我觉得好像地面的东西离我们越来越近。"

哈尔看了看高度表,5400米,当他还没完全看清时,气球又降到了5100米,4800米,4500米。

"气球还会不停地下降,"哈尔说,"托着我们上升的热流,在山顶遇到了冰川和暴风雪,变成了冷空气。现在周围全是冷空气了。"

山的这一面不是悬崖绝壁,是一面斜坡,泥土没有储存太阳的热量,山顶上降下来的空气到斜坡的上空时,已降到了零摄氏度以下。

从火山口冒出来的一股热流与乞力马扎罗山上方圆20千米的冰帽相比简直算不了什么。

从高度表上看,冷空气已把他们降到了2000米的高度。

罗杰冷得牙齿打战。"依我看,要是再降快点就好了。"他的嗓音都在发抖。

他的话提醒了哈尔,他们又遇到了新的危险。"我们降得太快了。"哈尔说。

"越快越好。"罗杰说。

14 剑 地

"不行。问题是由于气球的惯性,我们很难迅速改变它的运动。你已经注意到了,往外扔沙袋的时候,气球上升得很慢,下降的时候也是这样,不管你做什么,它都不会很快停下来。以这样的速度坠落下去,我们俩都会摔死。再扔掉一些沙袋!"

又一批沙袋抛了出去,但是毫无用处。风顺着山腰往下刮,气球快速下降。

"用固定绳,"罗杰叫道,"难道它不能使我们下降的速度慢一点吗?"

"我为什么没想到这一点呢?"哈尔说。

他放下固定绳,这根绳子有30多米长,一头系在座舱上,另一头垂下可以挨着山坡上的灌木丛。

让固定绳拖在山坡上走,可以减缓气球下降的速度。

至少,这个想法是对的,但下降的风速太大,固定绳的减缓作用非常有限,气球还是像火车一样高速向下坠去。

他们会掉在树林中吗?或者摔在岩石上?哈尔用手电往下照,除了山坡什么也看不见。

渐渐地,他们看到了山脚下,那儿地面平坦多了。"好极了!"哈尔说,"一片柔软的草地,我们不会摔在硬地上了。"

罗杰眼尖,发现那根本就不是什么"柔软的草地"。他们飞近些时,看见上千株利剑一样的植物正等待着他们的到来。这些植物像士兵手里高高举起的利剑,两个孩子就要被这利剑戳死了。

这种植物的每片叶子都直挺挺地向上竖着,像人一样有近2米高。从远处看,这些绿色利剑就像一片草地;近处一看,每片叶子都有一根足以杀死人的十几厘米长的黑针。

"赶快丢沙袋！"哈尔大叫。沙袋是扔了出去，但气球还是笔直地向布满利剑的地面栽去。

"赶快爬到上面的绳子上去！"哈尔命令道。他们像海员一样一点一点地顺着座舱的吊绳向上爬去。

这些绿色的剑戳进座舱的底部时，发出了一阵噼里啪啦的声音，哈尔他们不得不屈着腿，免得被那些黑针刺中。

他们敢下来吗？或许他们必须待在上面直到天亮，等到有人路过时，把他们救下来。

座舱就像落在豪猪的长刺上了。

"为什么会有人种这种鬼东西？"罗杰气愤地说，"这是什么？"

"是西沙尔麻。"哈尔回答说。

"什么是西沙尔麻？"

"是这个地区主要的出口产品，看起来像仙人球，它是龙舌兰的旁系。"

"龙舌兰，就是那种100年开一次花，然后就死去的植物。"

"人们都这样说，而实际上要不了那么长的时间。只要10年左右，它就能开出带长柄的花，然后死去。西沙尔麻也是这样。"

他用手电扫了一下四周的旷野，有些西沙尔麻长出了高高的新苗，其中一株有6米来高，顶部开满了白色的长柄花。

"这种西沙尔麻是干什么用的？"

"它叶子上的纤维跟金属丝一样硬。人们砍下叶子送到作坊去，在那儿把纤维抽出来，然后再把几股纤维扭在一起做成麻

14 剑 地

线、细麻绳、粗麻绳,甚至可以做成能拉住远洋巨轮的缆绳。"

"现在我们陷在这片刺中,"罗杰说,"怎么摆脱出去呢?"

"我们来摇动绳子。我们俩面对面一拉一松,也许能使座舱晃动出来。"

他们直到摇得自己头昏眼花,座舱却一点没动。

"我知道是什么原因了,"哈尔说,"每片叶子边上都长着倒刺,就像鱼钩一样。不把倒刺弄掉,座舱是动不了的。我下去试试。"

哈尔下到剑丛中,"哎哟!"他突然叫了一声,一根黑刺刺到了他。他抽出砍灌木的刀,准备砍去钩住座舱底部的倒刺。

座舱里已经戳进了几十根西沙尔麻的叶子,里面站不下两个人,罗杰只得待在上面看。不一会儿,他大叫起来:"你看气球!"

哈尔站起身,吃惊地发现气球被山上吹来的风刮得倾斜得厉害。如果风再大一点,西沙尔麻就可能刺破它,氢气就会全都跑光,那就全完了。

罪魁祸首还是风。风从山上下来到了平地,不再向下刮,而是继续向西刮。风把气球刮得快碰到西沙尔麻了。

哈尔发疯似的砍着。如果他能把这种植物拦腰砍断,那就会快多了。他试了一下,发觉不可能——叶子中的纤维太硬,而且因为地方太小,他连刀都挥不起来。

他继续砍倒刺。黏黏的、肥皂液一样的东西从刀口涌出来,弄得他一手都是,他真想把手洗一下。住在西沙尔麻种植园附近的非洲人都用这种东西当肥皂,尽管很古老,它的泡沫却比现在的肥皂多得多——是天然的洗涤剂。

砍完这些倒刺,他的手上尽是些糊状的东西,但是没有水洗手。

气球应该能飞起来了。哈尔对吊绳上面的罗杰喊:"气球现在怎么样了?"

"绳子扯得很紧,"罗杰说,"如果还能减轻一点分量,它就会飞起来了。"

哈尔赶紧想办法。他的体重有 70 千克,如果到座舱外面去,气球就会升上去。

"我先出去。"哈尔说。

"你疯了?"

哈尔爬出了座舱,立即被西沙尔麻刺了好几下。他顾不了这些,砍断了身边的一些倒刺,站到了地上。

他紧紧抓住座舱的边缘,但没有把身体的重量压在上面。

他马上就觉得有了点变化。氢气上升的力量渐渐地把卡在西沙尔麻中的座舱拔了出来。当座舱扫着西沙尔麻走时,气球又直立起来了。这神奇的气球逐渐地离开了地面。哈尔翻进座舱,他的体重使上升的速度慢了一下,随即,气球摆脱了西沙尔麻的缠绕,升到空中随风西去。

"哈尔,你上来了吗?"罗杰焦急地大声问。

"上来了。"哈尔答道。

罗杰准备从上面跳进座舱。"不要跳,"哈尔警告说,"你会踏穿座舱底摔下去的,座舱底刚才被西沙尔麻全搞烂了。"

罗杰慢慢地下到座舱。他脚站的地方使他感到随时都可能掉

14 剑 地

下去，栽到西沙尔麻的刺上。

"如果戳进座舱的刺再多些，我们就没地方可站了。"他边说边收起固定绳，"能找个可以降落的地点吗？"

"很难说。西沙尔麻种植园延伸好几千米，过了这片种植园——前面就更糟了。"

黎明的曙光开始在东方升起，晨光下的乞力马扎罗的轮廓就像个巨人。前方，西沙尔麻的那一边，又是一座高高的屏障——梅鲁山，海拔 4500 米。

"别！"罗杰的心直往下沉，大声叫道，"刚才经过乞力马扎罗山已经够悬了，这就是你说的更糟的地方吗？"

"不是。我想我们用不着翻过这座山，风会刮着我们绕过它的。它后面才是更糟的地方。"

他们从只距梅鲁山 100 多米的地方飘了过去。哈尔用望远镜看到左下方几千米的地方是阿努西镇，他真希望有人看到这个飘在空中的气球，并向当局报告它的方位。但一大清早，街上连个人影都没有。

哈尔大失所望，他知道再过几百千米才会有一个镇子。

正如哈尔所说，前面的地势更加险恶。尽管景色很美，但因气球被风刮得飞跑，找不到降落的地方。先是小山丘，接着是山谷，紧接着又是茂密的原始森林。下面的东西一晃而过，在这些地方降落必死无疑，因为在这狂飞的气球停下来之前，就会撞到树上或岩石上。

唯一安全的地方就是天空，但这也不是绝对安全，狂风随时都有可能把气球和座舱刮散。

15

东非大裂谷

脚下突然出现了像美国大峡谷一样的峡谷，它与美国大峡谷一样宽，只是没有那么深。

"东非大裂谷，"哈尔说，"被认为是世界上最长的峡谷。它从赞比西河蜿蜒而上，经过中非、北非、红海，到死海为止，全长相当于绕地球1/4圈。"

"这个大峡谷是怎么形成的？"

"火山引起的，非洲的大多数火山都在这条峡谷的两边。另外，还有不断的地震，使地层断裂，形成了大裂谷。凶猛的震动可以使城市变成瓦砾，燃烧的岩浆可以使城镇化为灰烬。《圣经》中的所得姆和格姆拉——死海南角的两座城市就是毁于地震和岩浆中。人们被告之不要往回看，否则他们就会变成盐柱。这个故事也许是根据这样一个事实——那个地区确实有盐柱，整个峡谷含盐量相当丰富。当然，死海的含盐量也很高，浮力很大。在这个地区，沿着谷底有一些盐湖，前面就有一个——曼利拉盐湖。曼利拉盐湖两侧是大峡谷，它很长，一眼望不到头，但湖中的盐不是白色的，是像太阳落山时夕阳的颜色。"

"谁听说过粉红色的盐？"罗杰不解地问哈尔。

接着出现了令人不可思议的事，尽管是他们亲眼看见的，但还是不敢相信。这时，一大团粉红色的东西从湖面上直升空中，

15 东非大裂谷

气球在它下面飘然而过。

"这是什么？海市蜃楼？我可从未见过这种景色。"

"不是海市蜃楼，"哈尔说，"是火烈鸟。成千上万只火烈鸟栖息在这个湖上，当它们受惊时，除了飞不起来的，全都飞到空中，就像一团粉红色的云。"

"为什么还有飞不起来的？"

"湖水中的盐附着在它们的腿上，大一些的鸟还能飞，小鸟就飞不起来了。成千上万只火烈鸟因盐附在腿上，不能划水，不能走，更不能飞起来，就死去了。那些不愿看到这么漂亮的动物死去的人，就带着学校的学生站到浅水中用锤子敲掉鸟腿上的盐团。敲盐团时得非常小心，不能伤着鸟的腿。就这样，很多小鸟获救了，但还是有成千上万的火烈鸟死了，因为人手不够。"

"看那头粉红色的大象！"罗杰叫道，"你还没有见过粉红色的象吧，湖边的动物都变成了粉红色，会不会是我的眼睛变成粉红色了？"

这简直是个奇观。斑马是粉红色的，长颈鹿是粉红色的，河马、鬣狗都是粉红色的，6头粉红色的狮子从林中出来，看着空中的气球。这里是个粉红色的世界。

罗杰吃惊地望着粉红色的哈尔，哈尔望着吃惊的罗杰，笑了笑，指着天上。阳光从成千上万只粉红色的翅膀中透过来。在下面根本看不见太阳，只能看到流动的粉红色云团，下面的一切都变成了粉红色，这时你会觉得你是戴了副粉红色的眼镜。

气球飞过盐湖，来到了平坦的谷底上空，这是著名的曼利拉动物保护区。四周是高耸的峭壁，茂密的热带森林，是野生动物的乐园。

景色突然起了变化。气球刚从湖上飞过,成群的火烈鸟就又回到湖面上和岩石上,刚才的粉红色的世界一下变得灰蒙蒙的。这时从东面传来一阵雷声,一片黑色的雷雨云在东方的天际升起,一道道白色的闪电划破云层。

像是在回答雷鸣似的,大峡谷中发出了阵阵轰鸣,峭壁上的岩石由于大地的震动纷纷滚落谷底。

与此同时,风神鼓了口气,把刚才的强风吹成了狂飙。风把座舱刮得飘起来、抖下去,像是要抖断拉住气球的8根绳子。

"你看对面!"罗杰大叫着,气球向峡谷西面的峭壁直冲过去。如果撞上去,还没等你弄清是怎么回事,就会摔成肉泥。

罗杰拿起固定绳,准备丢下去拖在地面上以减轻气球的冲击力。

"不行,"哈尔警告说,"我们不能把固定绳拖在地面上,那样会降低高度。我们得升到峭壁的上面去,飞出峡谷。"

哈尔示意要飞过对面的峭壁。西面的峭壁愈来愈暗,对他们的威胁也越来越大。"我们要飞出去得升到1000米的高度,还不知道能不能升到那么高。我们再丢些沙袋出去吧。"哈尔说道。

他们往外丢沙袋,沙袋的数量愈来愈少。哈尔十分焦虑,但罗杰却指望重演乞力马扎罗的一切。"我们很快又要坐电梯了。"他满怀希望地说道。

哈尔对此表示怀疑,"这次风刮得跟上次不同——太猛了,而且总是朝着一个方向,刮得呼呼作响。不是吓唬你,我们怕是遇上了旋风,旋风可不是好对付的。"

15 东非大裂谷

罗杰卖弄起他仅有的一点旋风知识,"旋风是股很稳的风,只是转圈而已。"

"朝哪个方向?"哈尔问。

"一会儿顺时针,一会儿逆时针。"

"那我们现在是顺时针还是逆时针呢?"

"哎呀,这我还没看出来,反正是在转圈。"

"哦,是这么回事,"哈尔说,"实际上风在乱刮,没有固定的方向,这就是为什么热带地区的旋风比其他地区的旋风更厉害。快往外丢沙袋。"

"全都扔出去?"

"对,全部,这是我们的唯一机会。"

沙袋全丢光了,哈尔很不情愿这么做,因为这样做意味着从现在起他们再也没办法使气球往上升了,他们只能放气使气球下降。风能把它往上刮,太阳光照在气球上使氢气膨胀,气球也会往上升,但任何人为的手段都无法使它升上去了。

他们已经没时间去细想这些,因为一阵狂风把座舱刮了个底朝天,他们掉了出去,幸亏他们都紧紧抓住了座舱的边缘,不然他们就已经掉下去摔死了。他们悬在座舱下,来回飘荡着,下面是 300 米的深渊。

又一阵狂风把座舱刮得又倒了过来,他们赶紧翻进座舱,吓得脸色惨白,两个人都没说话,这时说什么都没用了。

沙袋到底还是起了点作用,气球开始往上升,但升到 1000 米高度的希望还是很小。

一阵风把他们从悬崖边上刮开了,又一阵风把座舱又刮向了悬崖,同时,发出了噼啪的碰撞声,使他们觉得座舱已经撞得稀烂,飘离悬崖的希望破灭了。

他们失魂落魄的样子好像他们被粘在悬崖上了。

"我们可以放些气,降下去。"罗杰建议说。

"落到那些岩石上吗?我们还得考虑一下气球,它并不是我们的,如果有可能,我们就得保住它。"

狂风把气球吹得就像苍蝇被吸在苍蝇拍上一样贴在悬崖上,风不时把气球刮得在岩石上滚动。

座舱被刮得直打转,撞在岩石上又被弹回来,撞得乱七八糟。他们从座舱的一边跑到另一边,以躲避伸出来的岩石尖的刺戳。拉住气球的好几根绳索都被刀一样的岩石磨断了,这时只有剩下的4根绳索拉着气球,拉力全都落在这4根绳子上,所以绳子随时都可能被扯断。

哈尔想把磨断了的绳子接上,但风太大,他连站都困难,根本不可能把绳子接上。

"我们还算幸运。"哈尔气喘吁吁地说。

"幸运什么?"

哈尔望着头顶上的气球,气球在粗糙的岩石上滚动着。"好极了,气球还是好的,没破。要是它破了,我们就完蛋了。"他说。

罗杰被旋转和撞击搞得晕头转向,他想说点什么,低头一看300米下尽是岩石,算了,待在座舱里总比摔下去强。

旋风停止了,一股气流把气球从岩石边刮开了十几米,接着又以相同的速度把气球刮向岩石,这样冲上去会把气球撞破或者

15 东非大裂谷

拽断仅剩的4根绳子。

　　幸好气球还没撞到悬崖,就有一股上旋的气流把气球托了起来,升到崖顶,飘出了恶魔般的大峡谷。风又把气球以危险的速度向西刮去。

16

旋 风

黑压压的云层已经布满了天空，与半小时前粉红色的世界相比是多么不同啊！

东方的天空已经没有闪电了，树杈形的闪电从头顶上浓浓的云层里闪射出来，随即便是震耳欲聋的雷声。

"太近了，这可不是好事。"哈尔说。

罗杰琢磨着这话的含意，"你是怕雷电击中气球？"

"是的。氢气不仅能燃烧，而且能爆炸。哪怕闪电只烧破气球一个小口子，气球和我们俩都会被炸得无影无踪。"

"不会那么快就爆炸的，是吗？"

"你猜猜，"哈尔说，"氢气燃烧时的温度是多少？"

"我怎么知道？"

"氢气燃烧时，温度非常高，高达3000摄氏度。你见过气焊吧，有时候用的就是氢气。焊枪喷出的火焰温度如此之高，以至于切割金属就像切奶酪一样。"

啪，嚓，头顶上又是一道闪电，他们本能地耸起肩，像是要顶住由上而下的危险。

"如果氢气这么危险，"罗杰说，"为什么还要往气球里灌呢？"

"因为氢气是最轻的气体，只有用它才能使气球升上天。还

16 旋 风

有一种是氦气,也可以用,但比氢气重些,在非洲也很难弄到。"

天空非常暗,突然出现的闪电刺得他们的眼睛很不舒服,每次闪电出现,罗杰都不由得低下头。

罗杰说:"不要在雷声隆隆的地方飘了,我们得想个办法飞出这个危险地区。"

哈尔笑道:"我们对此无能为力,别胡思乱想了,来帮我把绳子接上。"

"我们没带多余的绳子。"

"那只有从固定绳上剪些下来了。"

他拿起固定绳头饶有兴趣地查看着,"我记得借气球时绳头的形状,绳头原是磨散了的,现在你看。"

"你知道这意味着什么吗?绳子不是自己从原木上松下来的,是被人用刀割断的。"

罗杰盯着绳头,"谁这么恨我们呢?"

"这很容易,"哈尔说,"有3个值得怀疑的人:很明显,库首领希望我们死于非命,希望所有的白人都死——为什么?这是个谜。邓根想得到我们这份工作,会不择手段。再一个就是博萨——我想我们已经和他谈和了——但也许他还没完全消气。"

想起来真是令人不痛快,这3个人此时正快活着哩。

不一会儿,出现了第四个死敌——雨。不是那种一般的雨,而是倾盆大雨,简直像是有人把头顶上的消防水龙头打开了。雨水从寒冷的空中落下,凉凉的,旋风吹在透湿的身上,他们感到很冷。

冷还是小事,更糟的是氢气的温度降低了,气球的体积变小了,浮力也变小了,因而失去了原有的高度。

对此他们毫无办法。气球被时速高达七八十千米的旋风刮得沿着地面狂奔,其速度是赛马的两倍,气球如果和什么东西碰撞,那就会球毁人亡。否则,就得像船一样,在风浪中绕开礁石。

绕开礁石,船可以做得到,因为船有发动机,没有发动机的气球只得任凭狂风的摆布了。

当他们从一个非洲茅草屋的上空飞过时,正好这个用棕榈叶做的屋顶被刮得飞了起来,好像是片羽毛,他们看见那些吃惊的人看着他们的屋顶被风卷走,他们用身体遮住倾盆而下的大雨,以免大雨淋灭了炉火,炉火一熄,他们就会很快感到刺骨的寒冷。

尽管大雨不住地下,但有一棵名叫猴面包的树被闪电击中后,燃烧着。这对他们来说不是好兆头,因为他们与一个400立方米的氢气球连在一起。

现在的高度太低了,高高的树尖扫着他们座舱的边和底,座舱又被捅了几个洞。突然间,大地又远离他们而去。

他们一下又升到恩戈罗火山口上。火山口深达1000米,底部足有400平方千米,火山口周围的峭壁比中国的万里长城还要高100倍,平坦的底部栖息着各种各样的野生动物。

这里有湖泊和水塘,河马和鳄鱼在里面尽情地戏着水,狮子、豹、大象、犀牛、长颈鹿、野牛也到这里喝水。

只有闪电照亮时才能见到这些动物,闪电一过,黑压压的乌云和倾盆大雨就淹没了一切。他们真想降低一点,饱览这壮观的

16 旋风

景色，但他们必须保持一定的高度才能飘过峭壁，飞出火山口。

气球在只高出峭壁十几米的地方飘出了火山口，又向塞仑格提大沙漠飘去。这里不仅没有城镇或村庄，就连一间茅草屋也没有，同撒哈拉大沙漠一样，到处是旋风卷起的沙丘。

天转晴了。倾盆大雨被远远地抛在了后面，太阳照得令人目眩，紧接着，沙漠上起了令人害怕的沙暴，沙子打在他们的脸上，他们不敢张嘴，不敢睁眼，还要用手捂住耳朵，不然沙子会直往里钻。

下面的沙地上出现了一个白色的东西。"那是什么？"罗杰问。

"迈克尔纪念碑。他就死在竖碑的地方。"

"迈克尔是什么人？"

"迈克尔·格茨迈克是个和我年龄相仿的小伙子，他驾驶着一架飞机飞越这块沙漠，计算每年定期迁徙到这里的动物数量。我们乘坐的这个气球也曾用来干这事。迈克尔和他的父亲驾驶他们的小飞机在这个沙漠上来回飞行了无数次。后来有一天，当迈克尔单独驾驶时，机毁人亡。我敢打赌，你肯定猜不出飞机出事的原因。"

"像今天这样的沙暴？"

"不是，那天天气相当不错。"

"发动机出了故障？"

"也不是。"

"他的飞机和另一架撞上了？"

"差不多吧。飞机撞上了东西，但撞的不是飞机。很难相信，一只鸟可以撞毁一架飞机,但那确实是飞机坠毁的原因。一只秃鹫撞上了飞机的右翼,把机翼撞弯了,飞机的方向舵失灵,一头栽了下去。人们在飞机的残骸中找出迈克尔的尸体,并把他葬在这里。我记得纪念碑上是这样写的:

迈克尔·格茨迈克

他把他的一切都献给了非洲

的野生动物,包括他的生命。

罗杰在想是否有谁也会在他们的墓碑上写下这么美好的词句,他们也为非洲的野生动物做了不少好事。但他还是愿意活着,而不愿死后人们给他写上这些话。

他们把扯住气球的绳子接上了,座舱没法修,他们只能站在还没坏的地方,尽量把身体的重量靠在座舱的边上,以防底板塌下去。

"知道吗?我现在可饿得厉害。"罗杰说。

哈尔抬头看了眼在沙漠上洒下热浪的太阳。"我也口渴得很。"他说。

"我们为什么没想到带些食物和水呢?"

"因为我们从来没想过要乘气球旅行,只要它固定在营地,我们要吃、要喝,就可以到帐篷里去取。"

"如果我们有时间去把车里的枪拿到,如果我们能着陆,我们就能猎获一头瞪羚或其他什么动物。"

"算了,"哈尔说,"你也太富于幻想了。"

16 旋 风

但他不得不承认,经过 12 个小时的搏斗,他也产生了幻觉。

好像远处有个村子,村民们看到气球就跑来搭救他们——他心里清楚这不是真的。他又像是看到西边有一片水,那肯定是维多利亚湖,如果他们跳进去,会喝个够的。

然而,事实上他们在沙漠上飘荡。他知道这一切都是幻觉,维多利亚湖是在那个方向,但在 100 千米之外。

17

旋转的塔

"我看见了一个塔,"罗杰叫道,"我们正朝它冲去。"

可怜的孩子,他所看到的东西根本不存在。"真的,我看见了。"罗杰坚持说。

哈尔用手揉出眼中的沙子一看,他也看到了,像柱子一样直直地立在地上,顶部在空中看不清。他马上知道那是什么东西了。

"是个沙柱,"他说,"记得吗?我们在海上见过,我们称之为海龙卷,一股上升的旋风把海水卷了起来。在这里它卷起沙子,如果我们钻了进去,也会被卷走的。"

"是龙卷风吗?"罗杰问。

"我想这是一种面积比海上的小,但力量要大些的龙卷风,我们可以称它为瓶形龙卷风,它一直向上刮,就像从来复枪射出的子弹那么快,而不像猎枪那样射出的是霰弹。"

当他们渐渐靠近沙柱的时候,能听到其中传出的嘶鸣声。白色的柱子在沙漠上移动,如果他们有发动机或是舵,他们就能改变气球的飞行路线,绕过它。

他们本来有希望躲过它,但从旋风中刮来一阵狂风把他们送进了这个白色的沙柱之中,立刻,气球便往上直冲,而且边冲边急速旋转,高度表的指针已到了极限,但气球还在往上升。他们

17 旋转的塔

从弥漫着沙子的空中还看得到下面的沙漠。

"卷得越高,等会儿落下去的时候就越糟。"哈尔说。

上升的速度似乎慢了下来,这时沙柱就像比萨斜塔那样倾斜着。刚才沙漠上的热气使氢气膨胀上升,但很快就遇到了高空的冷空气,失去了上升的势头,不一会儿气球从沙柱上冲了出来,开始下坠。

"抓紧,"哈尔大喊,"我们开始垂直下降了。"

他知道刚开始往下降时速度是缓慢的,但落地时的速度是致命的。他再也没有沙袋,没办法减缓下降的速度。氢气被高空中的冷气冷却,气球失去了上升的力量,急速地上升变成了急速地下降。有升就有降,这种规律是不可违背的。

"肯定是座舱先落地,爬到绳子上去!"哈尔命令道,他们爬到扯气球的绳子上。

他们看见沙漠迎面扑来,难道不能再做点什么吗?

这时,哈尔绞尽脑汁回忆队长告诉他们在这种情况下该采取的行动,哈尔决定试试。

"我去拉紧急降落装置——把气全放掉。"

"你疯了?"罗杰尖叫道。

"可能吧,但只有这种办法可以试试了。"

他用整个身体的重量拉住紧急降落装置的绳子,气球顶部撕开了一个三角形的大口子,发出了很大的撕裂声,氢气立刻跑得精光,气球马上萎缩了。

如果哈尔的计划可行的话,座舱的 12 条吊绳拉住没气的气球就像拉着降落伞似的,会减缓降落的速度。

这个计划起了作用，至少起了点作用，下降的速度有所减缓，但远远不够，他们还会重重地摔在硬硬的石子地上。

哈尔尽量使自己处在弟弟的身下，这样做至少可以使罗杰不直接落在硬硬的石子上。

气球落地了，本来就已千疮百孔的座舱根本挡不住尖硬石子的碰撞，石头尖戳在哈尔的身上。因为罗杰身体的重量全压在他身上，所以戳得比较厉害，哈尔昏了过去。

气球飘落在他们身上，似乎给了他们一个像样儿的葬礼。

罗杰也昏了过去。他在落地时，哈尔的身体垫在了下面，这一垫也许救了罗杰的命，但哈尔的骨头证明他根本不是个十分好的垫子。

慢慢地，罗杰醒了过来，刚醒来时，他模糊地想，他睡在床上，盖着很重的厚毯子，他感到很奇怪，毯子上下拍打着，打得他喘不过气来，也许是帐篷垮了，在风中上下抖动着。

除了腰的地方被一个硬硬的东西顶着外，身下的床还是挺舒服的。过了好一会儿，他才意识到那硬硬的东西是哈尔的髋骨，他们并不是在安全的营地里，而是在无垠的塞仑格提沙漠的旷野上。

哈尔在他身下一动不动。

"哈尔。"他叫了声，但毫无反应。他慌忙滚到一边，把手指按在哈尔的脉搏上，什么也没摸出来，他又把耳朵贴在哈尔的胸口上，什么声音也听不到，因为风的呼啸声太大，他又把脸贴近哈尔的嘴巴，希望能感觉到他呼吸的热气，但旋风在鼓动的气球下吹着，根本不可能感觉得到。

他急得发抖了，他把躺在气球下的哈尔往外拖，但感到浑身无

17 旋转的塔

力,差一点摔倒。他终于把哈尔拖到充满阳光但满天飞沙的地方。

气球被一阵狂风吹得向西滚去,这个无气的袋子被风吹得跑起来时倒像个展翼的大鸟。

哈尔在一阵阵凉风中渐渐苏醒过来,眼睛睁开了。罗杰激动万分。

"太好了!"他说,"我还以为你不行了。"

哈尔无力地向四周看了看,尽力回忆他现在在哪里和为什么在这里。随后,哈尔扭过头来。

"你还好吗?"

"还好。"

"气球呢?"

"被风卷走了。你感觉怎么样?落地时我肯定压着你了。"

"哦,我还好。我还想多躺一会儿,这儿真舒服。"

"你的伤口好脏,得用水清洗一下。"

"不用担心,这些石头上没有细菌,太阳光的紫外线给它们消过毒了。"

罗杰四周看了看,"不知我们得走多远才能走出沙漠。"

"很远,"哈尔说,"我们最好这就出发。"

他挣扎着站起来,但立刻呻吟了一声,摔倒在地上。他用手抚摸着他的右腿。

"是骨折了吗?"罗杰问。

"不知道,没拍片怎么知道。你没带个手提 X 光机吗?"

"非常抱歉。"

"我再试一次。"

他还没站起来就又栽到地上。"这可不妙。这条腿不管用了，简直像根面条。"哈尔说道。

罗杰说："我得去找人帮忙，你能自己照顾自己吗？"

"去哪儿？你知道人们怎么称塞仑格提这个地方吗？这是块没有人烟的地方。"

罗杰站起身，眯着眼往四周观察。

"肯定会有一个村子的。"

"不会在附近，村子不会离水源太远。"

"但你看那些动物，有动物的地方就有水。"

"听起来很有道理，但你看见的动物并不在这里栖息，它们只是路过这里。成千上万的动物每年都要经过这里迁到北方几百千米外有河流的地方，来年又返回南方。要不断喝水的动物根本不会到这里来。"

"喂，"罗杰不耐烦地说，"我们不能站在这里空谈，我不知道走到哪儿才能找到人，但我得试试。"

"等一下，"哈尔说，"你想过你能找到回来的路吗？"

这可是个没有想到的问题。他们没带指南针和六分仪，根本没办法测定他们的位置。

"我有手表。"罗杰说，"我这样放置手表，让时针指向太阳，那么表盘上 12 点的刻度和时针之间就是南方。这样我就能保持方向，朝时针相反的方向走我就能找到你。"

"这是个好办法，"哈尔说，"但还不够准确，你可能错出去 50 多千米。"

"我还有个想法，"罗杰说，"我用一根棍子边走边画线，然

17 旋转的塔

后就顺着这条线回来。"

"你在这种石头地上能画上线吗?你留下的记号在半小时内就会被沙子埋掉。我想你最好是往前走,不要再想回到这里来找我了,没有必要俩人都在这儿等着喂秃鹫。"

"别胡说。"罗杰的眼睛被泪水模糊了。200多米远的地方,有一群斑马正向北奔去,它们很密集,斑马后面还有好几百只野生动物,紧紧地跟着。"我到那边去看看。"罗杰说。

当他靠近这些动物时,它们并未改变行进的路线。

这些动物就像温带地区的鸟类一样,冬天飞到南方,夏天一到又飞回到北方。在非洲,不耐寒的动物是跟着太阳走的。

在塞仑格提沙漠上,成千上万的动物脚印踏出了近一米深、几百米宽的兽道。

罗杰回到哈尔待的地方说:"这些动物解决了方向问题。它们已经踏出了一条很宽的路,我要做的就是沿着这条路往前走,直到碰到人为止,然后我就带着他们顺着路回到这里来。"

"你可别忘了,这并不是一条真正的路,"哈尔说,"我是说这条路不会通往任何村庄或营地。实际上,那些北迁的动物会尽量远离有人的地方。你靠两条腿走上100千米,除了鸵鸟什么人也碰不到。"

"好了,你就不能说点别的什么吗?"

"好,我不说了。你走吧,祝你好运。"

罗杰脱下夹克衫,"你最好把这穿上,今晚会很冷的。"

"你自己穿吧!"

"不,我可以不要,走起路来不会很冷的。"

18

夜 行

不再听哈尔说什么,罗杰向陌生的世界走去。

在天上飘荡了那么长的时间,再一次回到地面行走确实是件愉快的事。他沿着兽道大步向前奔去,如果他运气好,天黑之前,有可能遇到人。

他一直密切注视着周围,希望能够发现营地篝火或小屋炉子里冒出的烟。但是,没有迹象表明附近有人或曾经有人住过。不过只要有太阳和动物做伴,就不会感到孤独。

他欣赏着斑马那柔软的条纹,他对着这些长着长脸的动物笑。吃惊的长颈鹿一跳足有3米远。

罗杰快步地走着,但还是吃惊地发现这些动物轻而易举地超过了他。过来了一群大象。一般人认为这些庞然大物走得很慢,但象群超过他时他竟感到自己好像站着没动。瞪羚比大象要快得多,在象群中穿梭着向前蹦去,它们好像知道前方的草地和河水有多远似的,也许它们真的知道。

赤道线上的太阳火辣辣地照着,汗水夹带着沙子从罗杰的额头上流进他的眼睛,他真想闭着眼走,但不行。他拿出手帕捂住嘴巴和鼻子,以免吸进沙子。现在他明白了为什么生活在撒哈拉的人要戴面纱。

他已经差不多24小时没吃东西了,肚子饿得叽里咕噜乱叫。

18 夜 行

他给自己鼓气：自己比身边的动物要强多了。比如一头大象为了保持庞大机体的运转，一天得吃270多千克草和树叶，这就是为什么当它们见到他时顾不上扇起大耳、卷起长鼻吓他的原因了，它们只想尽快地到达进餐的地方。幼象不得不跑步跟上它们，在这种高速奔跑中，幼象还要不时地吮吸母象的奶水。

罗杰口渴得冒烟，他真忌妒这些幼象，它们不知道能喝到奶水是多么幸运！

罗杰脑中出现了幻觉。他来到了一条溪流旁，趴在葱郁的草地上，把头埋进水里尽情地吮吸着，然后躺在草地上睡上了一觉。

实际上，他的两腿还在不停地走着，风吹起沙子打着他的眼睛。他受伤的哥哥正等他找人去救援。

沙漠上的太阳并不好看，不是红的，也不是粉红的，更不是金色的，从飞舞的风沙中望去，太阳就像是滴着黄汁的大黄球，西面的天空看起来就像得了黄疸病似的。黑夜很快就降临了，刚才罗杰还自认为是个男子汉，这时他发现自己到底还是个13岁的孩子，尽管他身旁不断地有动物跑过去，但他心里仍然觉得孤零零的。

的确，动物已不像白天那么可爱，黑夜里它们相当危险，食肉动物会攻击任何没有自卫能力的动物，而在这些没有自卫能力的动物中，人是最没有抵抗能力的。

白天，罗杰还把那些动物当作朋友，到了晚上，整个沙漠上危机四伏。他最担心的是什么野兽呢？他开始在脑中迅速地给它们排队。

第一就是狮子。这里是狮子的王国，塞仑格提沙漠中的狮子比其他沙漠地带都多。它们之中有食人狮，也有被猎人打伤了而变得异常凶残的狮子，一旦它们碰到人就会马上攻击，而黑夜又是它们最为活跃的时候。

排在第二位的是豹子。白天很少见，它们和狮子相比更喜欢夜间出来觅食。罗杰开始注意四周可能出现的斑点。

排在第三位的是狞猫。这是一种生活在沙漠上的猫科动物，在塞仑格提沙漠上数量相当多。尽管与狮子和豹子相比要小些，但它们更凶残，它们会毫不胆怯地去攻击比它们大10倍的动物。

接着便是鬣狗，罗杰已经领教过了。随着黑夜的来临，鬣狗开始寻觅新鲜的肉食，不管是动物还是人。

列在第五位的是像狼一样的豺，它们是阿比西尼亚狼的旁系。一头豺并不可怕，但一二十头在一起，它们的胆子就大了，一群豺非常难对付。

排在第六位的是蛇，沙漠中的眼镜蛇毒性很大。还有大蟒，它们白天是不会出来的，因为它们忍受不了沙漠上的炎热。白天，它们会躲藏在灌木下或洞中，一到晚上就出来了。除了眼镜蛇和大蟒外，罗杰还知道一些长期待在沙漠中的荆棘蝰蛇和沙漠蝰蛇，它们蜷缩在沙中，懒得移动，但如果你踩着它们，它们就会迅雷不及掩耳地还击。在白天，你还能看到蝰蛇露在沙外的部分，而避开它们，但在夜里，罗杰紧张得每根神经都绷得紧紧的，他随时都准备往上跳。

就是食草动物夜间也比白天危险。因为视力不好，犀牛会更加暴躁，野牛会冲向它们不熟悉的东西，一头大象如果走出兽道

18 夜 行

就会踩到罗杰,它那大蹄子会把他踏成煎饼。

尽管罗杰想到这么多危险,但他还是漏掉了一个,甚至当他踩着那岩石般的脊背时还没有意识到。他一下摔倒了,但他还没挨着地就被狠狠地抽打了一下,被打到一个大夹子中。

直到这个夹子咬住他的手臂时,他才明白这是条鳄鱼。谁会料到一头水生野兽会爬到沙漠上来呢?他想起了史蒂文森·汉密尔顿上校的话,上校曾经当过格鲁格国家公园的看守者——"晚上这些爬行动物经常爬到陆上很远的地方。""如果它们待的水坑要干涸了,它们只得再去找一个。"

这条鳄鱼放弃远行找水而抓住了这个意想不到而又多汁的食物。它强有力的尾巴一下把罗杰卷到嘴里,罗杰竭力想摆脱出来,但他就像被老虎钳夹住似的。鳄鱼的牙齿和大蟒一样是朝里长的,这样,一旦被它们咬住,就很难挣脱出来。

这头野兽心满意足地把食物咬在嘴上,等待着。它的牙齿已经习惯含住食物,而不是咬或嚼,它只是耐心等待它的猎物死去,等到猎物的肉腐烂。当猎物的肉烂了以后,它就吞食,进餐时还竖起那铁锤般的尾巴。

罗杰越往下想越觉得可怕。速死倒不是件坏事,但慢慢地死,忍受数小时的疼痛和饥饿,则又另当别论了。这个时候,他既想到救哥哥的命,又想到自己逃命。

最难忍受的是连续几个小时闻鳄鱼的口臭味。鳄鱼嘴里非常臭。它躺在沙地上时,总把一些腐烂的肉从胃中吐出来,放在口中以助消化。有时鸟会飞来叼点鳄鱼的吃剩的皮肉。罗杰可不想与这些鸟为伍。

18 夜 行

他能干点什么呢？他曾听说过，把两个大拇指戳进鳄鱼的眼里就能脱身。罗杰的左臂被咬在它嘴里，他只能用右手。他把右手的大拇指深深地戳进鳄鱼的左眼里，他觉得这一戳的力量足以使鳄鱼有所反应，但它的大嘴没松开。

罗杰又把手指戳进它的右眼。他本来并不想这么干，甚至还有点同情这条臭烘烘的鳄鱼。咬住他手臂的力量微微松了一下，罗杰赶紧趁机抽出手臂，随即听见鳄鱼的上下齿像钢夹一样咬在一起，看见它那强有力的尾巴扫了过来。就在这千钧一发之际，罗杰像皮球似的就地一滚，滚到鳄鱼够不着的地方，然后跳起来就跑。他知道，鳄鱼看起来是个爱睡、行动迟缓的怪兽，但当它真要追捕猎物时，跑起来也是够快的。

当他确信他已甩掉了追击者时，他才放慢了速度。自此，他就非常小心，不去碰或踩那些类似岩石的东西。

19

被狮子所救

哈尔冷得直打战。他非常感谢罗杰留给他的丛林夹克,但就是穿着夹克也不能抵御寒冷,因为他无法活动使自己暖和一些。

曾有人写过一首歌,歌词中有一句是这样说的:"直到沙漠里的沙子变凉,否则我不会变心。"这个人明显地是指沙漠永远不会变凉。

真该让他到塞仑格提和撒哈拉大沙漠上来看看,不论哪个晚上,就是炎热夏天的晚上也行。太阳落山不久,沙漠上的温度就会降下去。从乞力马扎罗山、肯尼亚山、莫希山刮来的风扫荡着这个沙漠,把仅有的一点余热刮得精光。这种风很强,能刮走你睡的帐篷,让你暴露在寒风中。

因为白天刮过旋风,这天晚上比平时要冷。尽管旋风停了,余风仍然很大,被吹起的小石子、沙子抽打着哈尔,他用衣服捂住口、鼻。如果近处有沙丘的话,他会像牧民那样躲在沙丘旁边,一直等到沙暴完全平息下来。

但近处没有沙丘,他身下净是些尖硬的石头。

腿疼得厉害,他真想找点东西来减轻疼痛。他更想把水喝个够。火辣辣的太阳和风使他感到筋疲力尽,也使他对危险的来临麻木了。他躺在地上,但就是不能入睡。

幸亏他没睡着,不然就不会听到鬣狗的声音了。他首先发觉

19 被狮子所救

的是石头的磕碰声和鼻子的呼呼声,他拨开丛林夹克衫,发现鬣狗的鼻子离他只有十几厘米。鬣狗受惊地怪叫一声退到一边。

哈尔四周一看,模模糊糊地看见有一圈黑影围着他,全是鬣狗。

通常认为单独的一头鬣狗是胆小鬼,如果一个人醒着,它是不敢靠上前的,但如果一个人睡着了或病了,那就会成为它的桌上餐,在这种情况下,它比一头狮子还胆大。如果是一群,它们就更胆大妄为了。很多猎人在旷野上睡着了,不是被它们咬断了脚,就是手,有的甚至还送了命。

哈尔挣扎着站了起来。实际上,他不能用两腿站立,不能把重量落在右腿上,他必须靠左腿支撑整个身体的重量。

用一条腿站立对鹳来说是自然的,但一个人却坚持不了多久,尤其是当他受了伤并且饥饿难忍的时候。

这群鬣狗在距哈尔十几米的地方围成一个圈,既没有走的意思,也没有向他逼近。它们中间发出阵阵怪叫,这种叫声是不祥之兆,令人胆寒。

哈尔坚持了足足十五六分钟,实在支持不住了,跌倒在地上。鬣狗群发出了一阵低声的嗥叫,其中一两个胆大的或是饿得最厉害的向他逼来。

哈尔真希望有比刀子更厉害的武器。他把刀从鞘中抽出来准备自卫。一头鬣狗走近哈尔,被他用左脚踢了一下,嗥叫一声便跑开了,但它很快又凑上来了。

哈尔把丛林夹克衫在头顶上挥舞,它们向后退了一点,一会儿又凑上来了。挥动衣服对它们起不了多大的作用。

当他感到了鬣狗呼吸的热气时，他意识到该用刀子了。他把刀子刺进冲在最前面的一条鬣狗的脖子，它怪叫一声倒在一边死了。

立刻，其他鬣狗跳到刚倒下的这头鬣狗身上，撕扯着，趁尸体还未冷却便狼吞虎咽起来，连骨头也吃得精光，不到5分钟，那头死鬣狗便荡然无存了。它们又把注意力转到哈尔身上。

又有一头鬣狗被哈尔杀死，其他的鬣狗又如法炮制了一番。但这两头鬣狗并没有使它们满意，恰恰相反，尝到血腥之后，它们变得更加凶残，不再小心谨慎了，从四面围了上来。哈尔用左腿奋力地踢着，一只手挥舞着丛林夹克衫，另一只手挥着刀子。

一头鬣狗跳到哈尔跟前，它那大嘴几乎挨着哈尔的脸，哈尔一刀戳进它的肋骨，它向旁边一跳，一口咬住刀柄拔了出来，刀子飞到了哈尔够不着的地方。

哈尔的体力很快就耗尽了，腿踢起来没有力，挥舞夹克衫的手也没劲儿了。他用丛林夹克衫包住头以保护脸不被它们咬着，他赤手空拳推赶它们，但推开了这一头，另外一头又上来了。

哈尔非常清楚：战斗即将结束，现在只是时间问题。等罗杰回来时，除了那把太硬的刀子鬣狗吞不了外，任何东西他都不会找到了。

不仅他会被吃得干干净净，就连那血迹斑斑的衣服也会被吃得精光。鬣狗习惯吞些石头来帮助消化，像哈尔的手表和口袋里的硬币也会像石头那样被吞掉。

它们不会留下任何东西。同秃鹫相比，鬣狗可以算是更出色的清洁工了。

19 被狮子所救

哈尔是个从来不喊救命的人,但现在他喊了,而且声音大得惊人,也许罗杰还能听见,也许晚上出来迷路的人能听到他的喊声。

哈尔不停地用英语和斯瓦希里语喊,他竭力想听到回声,但除了远处狮子的吼声外,他什么也听不见。

这时候,鬣狗正在撕分哈尔刚刚杀死的那只鬣狗,哈尔已精疲力竭,昏了过去。

他躺在地上昏过去不过几秒钟或几分钟,就听到狮子的咆哮声,紧接着便是鬣狗和狮子斯打的吼声和叫声,战斗很快就结束了,因为鬣狗不希望与比它们强大的对手——狮子周旋。鬣狗带着惧怕和痛苦的尖叫,落荒而去。

哈尔认为他遇到了更大的麻烦,他的喊声引来了比鬣狗更危险的动物。不过,狮子也许走了,哈尔小心翼翼地打开衣服望去,没有,狮子正向他慢慢走来,星光下,三颗毛乎乎的脑袋清晰可见,它们开始围着他,嗅着。

也许它们是食人狮,在塞仑格提大沙漠有很多食人狮。但他脑中又冒出另外一个想法:也许它们不是食人狮。他身上的血不是人血,而是鬣狗的血,恰巧狮子又最恨鬣狗。

但狮子发出的声音又不像有敌意,它们发出的是种愉快的叫声。后来,一头狮子仰卧在地上,四肢朝天,拨弄自己的胡须,另一头狮子用爪温柔地拍了拍哈尔,像是邀请他一起玩。这些狮子显然非常高兴见到一个人,它们肯定很了解人类,它们是被人的喊声引来的。当他叫喊救命时,它们就赶来了。

哈尔迷惑了,难道这些狮子是他在内罗毕报纸上看到的那种狮子吗?报纸上登载的是有关著名的乔伊·亚当森和她那三头可爱的狮子的情况。

乔伊是苏丹边境上一个狩猎队长的妻子。她救了一头失去父母的小雌狮,她称这头雌狮叫爱尔莎,并尽心地把小雌狮抚养到做母亲。爱尔莎生了3头小狮子——两头雄狮和一头雌狮。乔伊也非常关心它们,她称这3头小狮子为约瑟夫、戈潘和小爱尔莎。老爱尔莎死后,3头小狮子在乔伊的照顾下长大了。

尽管她不愿和它们分开,乔伊还是感到它们应该自由地同其他狮子生活在一起。这样,她把它们带到塞仑格提,放了它们。

它们中的约瑟夫,被一个非洲猎手用箭射中,箭杆断了,箭头留在身上。医生们说,不能做手术取出箭头,因为麻药会要了它的命。他们认为箭头会自己出来的。

3头狮子回到自然之后,乔伊一直牵挂着它们,尤其牵挂受箭伤的约瑟夫。她待在塞仑格提沙漠中,想再见到她的狮子,如果它们需要帮助,她会去照顾它们的。

这是最近发生的事。哈尔从报纸上看到乔伊现住在塞仑格提沙漠中心的沙鲁内罗营地,她每天都在沙漠中寻找她的狮子。

也许,这些就是乔伊·亚当森的狮子,也许不是。她的狮子被训练能回答自己的名字,哈尔准备试一下。

"戈潘!"他清楚地叫道。刚才邀请哈尔一起玩的那头狮子赶紧采取立正姿势,竖起耳朵。"小爱尔莎!"正在徘徊的雌狮连忙停下,看着哈尔。"约瑟夫!"躺在地上的雄狮马上站了起来。

哈尔用手沿着它的肋腹摸,在它的臀部摸到了金属样儿的硬东西,毫无疑问——是箭头。这3头友好的狮子正是乔伊·亚当森的狮子。

19 被狮子所救

实际上，乔伊并不想把它们带回去，她只是想知道它们是否安然无恙，如果哈尔有机会见到她，一定会告诉她这些情况。

3头狮子在他身边躺下，守护着他，哈尔这才松弛下来，睡着了。

住在峡谷中的人

罗杰走了整整一天,步子慢了下来。

他几乎不知道已经过了 24 小时。他的头脑是麻木的,饥渴、疲劳、缺少睡眠几乎使他丧失了思考能力,他唯一知道的就是继续往前走。

他迷迷糊糊地搜寻走过的地方是否有人烟。沙漠伸向遥远的地平线,没有一间茅草屋、一棵树或一株灌木。迁移的动物和他一样疲惫不堪,弱小的动物带着绝望的叫声倒下,其他的动物摇摇晃晃地绕过它们或从它们身上跨过去。

当罗杰发现来到一条向左的交叉道时,已是上午九十点钟了。他蹒跚着朝左望去,吃惊地发现自己站在一个悬崖边上,下面是 100 多米深的峡谷。

他这一路上几乎是闭着眼走的。当他看见谷底有些东西像帐篷,一些像人在走动的黑影时,他为之一振。

他那疲倦的身体又注入了新的活力。他连滚带爬地向帐篷的方向滑去,一个白头发的人穿着灰扑扑的衣服迎上前来。

这时罗杰脑子清醒了点,他知道这个人是谁,他在杂志上见过这个人的照片。他是路易斯·利基博士,著名的科学家,这个峡谷肯定是奥达维峡谷。利基博士和他妻子在这个峡谷住了 20 年,终于在这个峡谷里找到了 200 万年前的人类化石。这个发现震惊了全世界。

罗杰怀着崇敬与这个大人物握手。

"我知道您是利基博士,"他说,"我名叫罗杰·亨特。"他害羞地自我介绍,因为他肯定博士不知道他的名字。

"亨特!"利基博士惊讶地说,"是不是把偷猎者赶出察沃的兄弟俩之一?"

罗杰点点头,吃惊地发现哈尔和他还小有名气。

"我从报上看到你们正在追捕一头食人狮,"利基博士继续说,"你们是用一个气球当瞭望台吗?"

"是的,"罗杰答道,"但扯住气球的绳子被人砍断了,所以我们被风刮到这里。在紧急降落中,我哥哥受了重伤。"

"你的气色也不怎么好。我们正要吃午餐,和我们一起吃吗?然后我们就去把你哥哥找回来。"

简直像是在做梦。罗杰吃得饱饱的,把水喝了个够,然后乘坐利基博士驾驶的越野车沿着兽道回到哈尔躺倒的地方。

哈尔的朋友——3头狮子在黎明来临时就走了。哈尔的腿肿了,利基博士和罗杰把哈尔抬上越野车。他们还带来了水和食物,这些东西使哈尔恢复了一些体力。利基博士查看了他的腿伤。

"只是扭伤得比较厉害,"他说,"一两天就会好的,我这就把你们送到沙鲁内罗营地去,他们有架小型飞机——也许你们能乘它飞回察沃去。"

在去沙鲁内罗营地的路上,前几千米他们和迁移的动物群并行。

20 住在峡谷中的人

"真是件不可思议的事,"利基博士说,"这些动物比 200 万年前小多了,那时的犀牛比现在的黑犀牛大一倍,狒狒、大弯角羚、鸵鸟、猪、羊——都是巨型的。"

"人类也很大吗?"哈尔问。

"不,非常奇怪,他们只有现代人的 2/3;这些年来,动物越来越小,人却变得越来越大。"

"奥达维峡谷现在被公认为人类的发源地,"哈尔说,"科学家们过去认为亚洲是人类的发源地。"

"现在不再有这种说法,"利基说,"人类的始祖在非洲,不在亚洲,这种观点已被人们所接受。"

他非常谦虚,没有提到科学界这种观点的转变归功于他在东非的发掘。

越野车离开兽道向东北方驶去,前面没有路,利基博士不断地看着指南针。

这里的沙漠不全是石头和沙子,还有小土丘,小土丘上长着 30 厘米高的硬草。在到达沙鲁内罗营地之前,颠簸使哈尔感到右腿非常疼,好几次都差点疼昏过去。

沙鲁内罗根本不是镇或村子,而是只有十几个圆形茅屋的营地。这个沙漠中的绿洲是由一条小溪冲成的,绿洲上长着树,周围有很多狮子。

罗杰到附近的药房拿来了一双拐杖,哈尔在简易机场等候出发。

在机场的小办公室里,兄弟俩见到了乔伊和她的丈夫。乔伊身材修长,很有魅力,很难让人相信她是四头狮子的朋友——爱尔莎和她的3头小狮子。当哈尔告诉她，他和她的3头狮子一起睡了一夜时，她简直不敢相信自己的耳朵。

"你怎么知道它们是我的狮子呢？"

"我叫了它们的名字。"

"你发现约瑟夫身上的箭头了吗？"

"摸到了。"

"它的伤口化脓了吗？"

"没有化脓，约瑟夫很健壮，另外两头也很好。"

他告诉她，他怎样受到鬣狗的袭击，她的3头狮子怎样赶跑鬣狗，又怎样保护他过了下半夜。"对于这些，"哈尔补充道，"我非常非常感谢您，夫人。"

"为什么要谢我呢？"

"如果不是您抚养它们，教它们成为人类的朋友，我现在就不可能活着了。"

21 不高兴的食人狮

乘坐小型飞机回到察沃,兄弟俩把发生的一切告诉了坦嘎,坦嘎告诉了他们一些情况。

"肯定是邓根,"他说,"邓根想向我们显示他是个了不起的猎狮专家,那样我们就会辞掉你们,重新雇用他。他到处寻找食人狮。昨天太阳刚落山,他以为他看到了一头食人狮,其实他并没看清楚,因为那东西在灌木丛的后面。他举枪便打,那东西倒了下去,他奔过去一看,发现打死的不是狮子,而是一头家牛。他偷偷摸摸地挖了个坑把牛埋了,希望没人会发现这事。

"今天早上,格勒村的人发现丢了一头牛,就顺着牛的足迹走出村子,翻过山头,穿过树林,来到一块平地上。足迹在那里不见了,他们发现了一堆新土,并把死牛挖了出来。牛的左肩后边有一个弹孔。

"格勒村的人很聪明,他们知道只有你俩和邓根才能带枪,而你们不在,那肯定是邓根。有20多个人来到营地,把邓根揪出帐篷扔到开往内罗毕的火车上。在车开以前,他们逼他承认了一切:他想撵走你们,把你们的帐篷门打开想让黑鬃狮吃了你们。格勒村的人警告他:如果他敢回来,就杀了他。所以现在和以后邓根不会再来骚扰你们了。"

兄弟俩很高兴摆脱了烦人的邓根,也有点为他感到遗憾,但他们对坦嘎说的话不敢全信。

"那你是怎么想的呢?"哈尔问,"也许你还想雇他回来,我们也确实干得不怎么样。"

坦嘎笑了笑。"总的来说,"他说,"你们干得不错。帕特森上校花了9个月的时间杀了两头食人狮,你们这么短的时间已经杀了一头。我相信你们能对付那头黑鬃狮的。顺便提一句,你们不在的时候,我帮你们喂过小狮子了。"

扑扑跳着,舔着,愉快地叫着欢迎他们回来。他们喂过小狮子后,自己吃饱饭,躺在床上准备睡上一天一夜以弥补在气球上和塞仑格提沙漠上受的磨难。

可最多只睡了两三个小时,他们被一种奇怪的声音惊醒了。那声音不大,但很近,声音低沉,但又不像是鬣狗的吠声。那声音是一种充满伤感和孤独的呻吟,而且那声音在围着帐篷转。

哈尔打开手电筒,扑扑的表现也很奇怪。它跟着外面的叫声,一会儿跑到床下,一会儿钻到椅子下,它用很清楚的喵喵声回答外面的呻吟。

"外面是黑鬃狮吗?"罗杰猜测道,"这头小狮子是它的孩子吗?"

外面的声音越来越远,逐渐地消失了。

"也许我们能追上它。"哈尔说。

他们赶紧套上衣服,抓起左轮手枪冲了出去,哈尔挂着拐杖跟在罗杰后面。他们循着声音来到树林中,把树枝拂到一边,手电光突然照在一对大大的黄眼睛上。

这头庞然大物躺在那头母狮死的地方。

21 不高兴的食人狮

这时击毙它相当容易,兄弟俩举起了枪。他们很希望它咆哮着向他们扑来,但它似乎根本就没发现他们,它沉浸在自己的悲哀中,不停地轻声呻吟着。

很显然,黑鬃狮在怀念死去的伴侣和被人抢走的孩子。狮子是一种恋家的动物,终生只娶一个,而且对伴侣忠贞不渝,对孩子也非常关心。

他们对黑鬃狮的同情感油然而生,他们竟感到要对它的不幸负责,因为是他们杀死了它的伴侣,夺走了它的孩子。

杀死一头躺在地上的狮子似乎是不符合狩猎道德的。如果它站立着,向你发起攻击,你就可以向它开枪。另外,兄弟俩受过的训练只教会他们如何捕获动物,而没有教过他们杀死动物。从很小的时候起,他们被告知去捕捉动物,因为同动物打的交道太多了,因此很能理解动物的情感。黑鬃狮那充满悲哀的目光深深地刺痛了兄弟俩的心。

但他们忘不了它是头食人狮,它对死的那些人是负有罪责的,兄弟俩接受的工作就是除掉察沃地区的食人狮,让它跑掉是不公平的。但又怎么能残忍地杀死这头健壮的兽王呢?

罗杰垂下枪。"我们不要杀它吧。"他说。

"我们必须杀了它。"哈尔说。

"不,我们不能杀它。"

"那我们现在怎么办?"

"活捉。"罗杰建议。

哈尔放下枪,他也想尽可能延迟屠杀的到来。

"你应该清楚你说的话,"哈尔说,"我们没人帮忙,你怎

147

能活捉它?"

"我也不清楚,"罗杰说,"但总会有办法的。"

他们边说着边往他们的帐篷走去,他们错过了一次除掉那头食人狮的绝好机会。

"它为什么不向我们扑来?"罗杰问。

"它在想其他的事——痛失妻儿的事。"

"真奇怪,"罗杰说,"我从来没发现狮子还这么富于情感。"

"狮子是种情意绵绵的动物,"哈尔解释说,"它们不光是在家庭中,对同类也非常有感情。有一天在狩猎中,我遇见了14头一群的狮子,其中一头健壮的雄狮柔情地与每头狮子厮磨着。你不会看到一头豹子会那么做,豹子想的只是自己。老虎则喜欢独处,狮子却喜欢群居并互相帮助。肯塔里营地的队长告诉过我这样一件事:一头年轻的雌狮喂养照顾一头老狮子,这头雌狮不断地在一个小酒馆里抓些鸡给老狮子吃。小酒馆的老板看到那头老狮子在吃鸡,误认为是它偷了他的鸡,就把它给杀了。实际上那个老板错了。队长发现是那头雌狮一直在捕鸡给那个不能捕食的老狮子吃。动物界有条规律,一般是老的关心照看下一辈。但偷鸡那事,是老狮子出点子,年轻的雌狮出力,那是经验与体力的融合。"

"狮子活到什么时候才算老呢?一般能活多久?"

"狮子一般能活20年,但有些活得很长。18世纪,伦敦塔内的一头狮子活了70年,当然它是受到了保护。在自然界里,一头老得不能自卫的狮子一般会被鬣狗吃掉的。"

一阵窸窣声从身后传来,哈尔转身用手电筒一照,"黑鬃狮

21　不高兴的食人狮

跟来了,我想还是得杀了它。我们抓不住活的,别指望我和你一起干这种傻事。"

"那好,"罗杰执拗地说,"我一个人干就是了。"

"你一个人能捉住它?你肯定是疯了。"

他们走进帐篷。扑扑吵着要吃东西,罗杰把准备好的牛奶倒进碗里放到地上,帮助小狮子含住竹竿,哈尔在旁边用手电照着。

他们专心地喂小狮子。当黑鬃狮探头看到这一切时,兄弟俩根本没注意到它的光临。

它站在那儿足足看了一分钟,随后,发出一声沉闷的叫声,冲到小幼狮旁,叼住小狮子的后颈,向树林跑去。

"这下可好了,"哈尔说,"你满意了吧,现在可是鸡飞蛋打。"

但罗杰还是不泄气,说道:"我有种预感,它们会回来的。"

"别异想天开了,黑鬃狮得到了它想要的东西——小狮子,它为什么还回到这里来?"

"过两三个小时,小狮子又会吵着要吃东西的。它太小,吃不动肉,它得喝奶。你想,做父亲的黑鬃狮到哪儿找奶给它吃?"

22

捉住黑鬃狮

哈尔睡着了，罗杰醒着躺在床上倾听着周围的动静。

在非洲，夜间的各种叫声令他着迷，他能分清许多动物的叫声。今天晚上，好像所有的野兽都在叫似的。

他能听出疣猪拱东西的响声、附近水塘里河马发出的低沉的叫声、豹子急跑的蹄声、豺的吠声和鬣狗模仿得不太像的狮吼声。

哈尔已经把帐篷的门关好了，以防不速之客。罗杰偷偷溜下床，把门打开，这绝对违背了野营的规定。

在非洲，营地周围没有任何阻拦野兽闯进来的障碍物，甚至没有栅栏。一个村子可能周围有栅栏以防野兽闯进园子毁坏庄稼，但猎人或铁路工人的营地里是没有庄稼的。狩猎的营地可能只用一个晚上，最多也只用几周，所以不必费事去搭栅栏；但你必须把帐篷门关好，那样，犀牛、大象、狮子和其他野兽就不会闯进来了。

罗杰明白，把帐篷门打开是非常冒险的，但他毫无睡意，他把左轮手枪和手电筒放在床上。

开始的头一个小时还没事。接着，他听到很重的呼吸声，随即有个什么东西在他的上方拂过去，他伸手一摸，抓到了一个圆圆的、滑滑的东西——肯定是条蛇。

22. 捉住黑鬃狮

他抓起手电筒一照,原来是大象的鼻子,大象正在帐篷里找食物。

罗杰把手电对着大象的眼睛照,光线惊得它带着失望和烦恼的闷叫退了出去。

过了两个小时,罗杰又吓跑了一头好奇的鬣狗和一头莽撞的狒狒。他正准备放弃他的计划,忽然,听到了小狮子的叫声,手电光下,小狮子蜷曲着身体被黑鬃狮叼着。

罗杰赶紧用手电照着装满牛奶的碗,黑鬃狮把小狮放在地上,小狮子扑扑朝碗走去,罗杰在床上伸手帮它含住竹竿,小狮子大口地吸着牛奶。黑鬃狮站在一旁,警惕地注视着这一切,一旦事情有变,它就会叼起小狮子跑掉。

"你在搞什么名堂?"哈尔睡在另外一张床上问。

"小声点。"罗杰低声说。

哈尔睁开睡意惺忪的双眼,他非常吃惊地看着眼前的一切。他没敢动,静静地躺在床上看。

黑鬃狮渐渐地放松下来,最后竟趴在地上呜呜地叫着。

哈尔不得不承认罗杰干得棒极了,起码在这个时候,他使这头百兽之王安静下来了。下一步该怎么办呢?他怎么才能活捉黑鬃狮呢?这对他可是一个严峻的考验。哈尔决定不插手,他要让罗杰单独干成功。

"你来扶着竹竿,"罗杰小声说,"我出去一会儿。"

哈尔在床上伸手接过竹竿,小狮子还在吸着牛奶。罗杰小心翼翼地溜下床,黑鬃狮欠起身,注视着他。当罗杰离开帐篷后,它又趴了下去。

天空已呈灰白色，那些夜晚无所顾忌地闯进营地的野兽都已回到树林里去了。罗杰朝车站跑去，候车室的门是从来不锁的，他冲进候车室，里面空荡荡的。

在一个墙角，有架老式的电话机。他能打通的最近一个电话在20千米外的守备队营地，那里有克罗斯比队长，罗杰焦急地等着他接电话。

"非常紧急的事，"他告诉克罗斯比，"派一辆大卡车，装上关狮子的笼子，火速赶到我们这里。笼子要大些，这可是个庞然大物。"

"好，"克罗斯比说，"要带上你们的人吗？"

"不需要。但要快，狮子随时可能走掉。"

他又跑回帐篷，小心地摸进去，爬到床上，哈尔用询问的眼光看着他。

"笼子马上到。"罗杰说。

哈尔笑了。到目前为止，一切还算顺利，但小狮子怎么把它父亲引进笼子呢？黑鬃狮会识破吗？

小狮子已经喝完牛奶，正用爪子抹去挂在细细的胡须上的奶珠。罗杰用一根皮带套住它的颈子系在床上。如果把它拉出去，它的父亲定会跟着它。

黑鬃狮越来越不安分了，在车来之前，它可能会带走小狮子。又过了半小时，卡车才开进营地。

狮子并不惧怕汽车的声音，所以卡车的声音并未引起黑鬃狮的警觉。

罗杰又摸了出去，黑人司机已经把笼子的门打开了，并在车

22 捉住黑鬃狮

厢后边搭了一块跳板。罗杰又回到帐篷里,把皮带从床上解下来,牵着摇摇晃晃的小狮子走出帐篷,上跳板,进笼子。他一直牵着小狮子走到笼子的顶部,把皮带系在一根铁杆上。

他从笼子里出来时发现黑鬃狮已经上了跳板。

狮子在笼子门边停了一下。它没见过这东西,但它已经在帐篷里待过,看来笼子并不比帐篷更危险。帐篷里黑乎乎的,而在笼子里还可以看到外面的世界呢。

另外,它的孩子正在叫它。扑扑想走过来,但被皮带扯住了。黑鬃狮向它走去,小狮子高兴地在它脸上亲着撒娇。

罗杰拉开脱扣装置,笼门正好关上。

哈尔已经拿着来复枪从帐篷里出来了,他想在万不得已时救罗杰,那傻孩子什么武器也没带。

罗杰用小狮子捉住了一头凶猛的食人狮,不费一枪一弹就征服了这头百兽之王。

人们从帐篷里出来时发现了这一切,他们简直不敢相信,恶魔般的黑鬃狮被关在笼子里了。它确实被关在笼子里,没有搏斗的迹象:两个孩子好好的,没伤一毫。在这些非洲工人看来,答案只有一个:他们是用魔法捉住它的。

人群中突然爆发出欢呼声,黑鬃狮低声地咆哮着,紧张地看着周围的人。哈尔示意人们静下来,罗杰站在笼子旁边,轻声地对黑鬃狮和扑扑说着话,然后告诉司机开车——慢慢地——向克罗斯比营地驶去。

罗杰继续站在笼子旁轻声细语地对两个朋友说着话,路两旁的动物看到这头巨大的狮子都吓得逃回林中去了。

肯塔里营地的一名守备队员看到车开来了，跑进去叫队长，当装着狮子的车到达时，克罗斯比正等着他们。

"我给您带来了两位客人。"罗杰说。

克罗斯比盯着狮子看了又看。尽管同动物打了多年交道，但他从未见过这种事。

"你是怎样捉住它的？"

"不是我捉住的，"罗杰说，"是这头小狮子干的。"接着，他把事情的经过讲了一遍，然后又问道："在我们把它们送到某个动物园之前，您能帮我们照看它们吗？"

"当然可以，只要你们愿意，它们在这儿住多久都行，它们会得到良好的待遇，你们尽可放心。"

"您能把我送回车站吗？"

乘坐越野车回到营地，罗杰挤出祝贺的人群，走进自己的帐篷，躺在床上松弛下来。

现在一切都结束了——不眠之夜、焦虑、紧张——他感到他整个人简直快散架了。

他头上的筋跳得厉害，脸上热得烫手。哈尔摸着他的脉，脉搏跳得很快。

刚才认为他是巫师的那些人现在进来看看就好了。他根本不是术士，只是个用尽脑力的孩子。他现在需要的是阿司匹林和睡眠，他吃过阿司匹林后便睡着了。

23

库首领

一大早,库首领就来了。

兄弟俩起床穿好衣服把门打开,好让阳光照进来。一个人影挡住了阳光,他们放下手里的咖啡,抬头看见一张大黑脸。

是库首领,他这次的表情是他们从未见过的。他笑盈盈的,他们第一次看见这位地方官笑。

"我能进来吗?"

"请进。"哈尔答道,"喝点咖啡吧。"

"太客气了,"库首领满脸笑容地说着便坐到哈尔的吊床上,"我来祝贺你们捉住了食人狮。"

哈尔吃惊地望着他,"我以为您不愿意我们成功呢!"

"你的感觉是对的,"库首领承认说,"坦率地说,我曾希望你们出事。"

"我们只差一点就没命了,"哈尔说,"有人割断绳子,害得我们飘了很远。"

"你们认为是谁干的?"

"不知道。我们猜想可能是邓根或者是博萨。"

库首领的嘴咧得更大了,"你们猜错了,是我割断的。"

"为什么您那么急于害我们呢?"

"全是误会。"库首领收起了笑脸,"你们记得吉库尤人屠杀白人的那次叛乱吗？许多英国人和他们的妻子、孩子受尽折磨后被杀害了。白人开始反击，很多黑人死在白人手上。我的妻子和孩子们全是那时候死的，我有理由相信是白人干的。从此，我对白人恨之入骨。当你们来后，我认为复仇的机会到了。我曾希望食人狮吃了你们。当这一希望落空后，我就在风暴中割断了你们固定气球的绳子。"

哈尔深感同情地望着库首领，"我并不想知道你妻子和孩子们死后你干了些什么，但什么使你改变了主意呢？"

"我发现全搞错了，"库首领说，"我的一家不是白人杀的，是一些黑人干的，因为我拒绝同他们一起杀白人，他们就派人杀了我全家。凶手已经承认了。"

库首领握着哈尔伸过去的手。"都过去了，"哈尔说，"不过，您割断绳子倒给了我们一次令人难忘的历险。我深感欣慰——不是博萨干的。他真的开始建学校了吗？"

"他正在建，我们大家也在尽力帮助他。"

库首领走了不一会儿，又来了两位客人——队长马克·克罗斯比和一个叫约翰·泰勒博士的人，此人是布隆克斯动物园的负责人。

"泰勒博士最近一直和我们一起待在肯塔里，他对你们的黑鬃狮和小狮子很感兴趣。"

泰勒博士热情地和哈尔握手后，转身对罗杰说：

"你就是那个赤手空拳活捉食人狮的孩子，真了不起啊！那是一头多么健壮的狮子啊！我一直急切地期望在其他动物园找你们之前就能和你们见面。一般情况下，我们是不会花很多钱买头狮子的，但这次是个例外。我准备为黑鬃狮和小狮子付给你们10000美

23 库首领

元——假如你，罗杰，能免费为我们提供一张你的照片。"

"价钱非常合适。"哈尔说。

"但不必拍照片了。"罗杰插嘴道。

泰勒博士狡猾地说："也行，不照相。但没有照片，我们只付1000美元。"

罗杰盯着他，"一张照片值9000美元？这是怎么回事？"

"难道你连这都不明白？没有你的照片和活捉狮子的故事，那头狮子就很普通了。有了这些，成千上万的人就会到动物园去看一头被一个14岁的孩子赤手空拳活捉的活生生的食人狮。所以我劝你不必害羞，让我们把你的相片和事迹登在报上。食人狮在哪儿展出，我们就把你的相片登在哪儿，行吗？"

罗杰又说："但你们必须把黑鬃狮同小狮子放在一起。"

"当然，小狮子和它父亲一样重要。如果没有小狮子，你就不能驯服黑鬃狮，也就没有这个故事了。实际上，我还准备为小狮子多付5000美元。"

哈尔笑道："在你再次涨价之前，我们得赶紧同意你出的价。在卖动物之前，我们通常要给父亲挂个电话，但是这次，他只会责备我们要价太高了。"

"别犯傻了，"这位动物园的负责人说，"我这也不是施舍，我花这些钱值得。"

哈尔转身对克罗斯比说："很对不起，我们把气球弄丢了。"

"别担心，我们已经找到了，正派车把气球拉回来。"他眨了眨眼补充说，"气球拖回来后，也许，你们还想再次乘它旅行？"

"不，谢谢。"哈尔说。

24 智擒大猩猩

兄弟俩给他们远在纽约的父亲发了一封报喜的电报,约翰·亨特很快就回了一封:

> 真为你们感到骄傲。赖因格林马戏团拟办丛林野兽展,需大猩猩、黑猩猩、蟒、蝰蛇、眼镜蛇及各种具有代表性的热带丛林动物,能捕到吗?

这的确是一项既危险又刺激的任务。哈尔把这件事告诉了狩猎队的队长乔罗,乔罗摇着头说:

"太难了,那些都是恶魔,而且只有在一个地方才能找到大猩猩。"

"在哪儿?"

"很远。在刚果丛林,位于刚果河和维龙加火山之间,是个野蛮的地方,人也野蛮,他们吃人。"

"噢,得了,"哈尔根本不信,"你是不是在信口开河?人吃人的时代已经一去不复返了。"

"在海滨,没有吃人的野人,"乔罗说,"有游人的地方当然不会有吃人的野人。但在丛林深处的部落里就有,部落开战,白人被杀。这次也许要跟你父亲说'不'了。"

但兄弟俩在父亲要求他们干一件事时从不愿说"不"字,何况这个任务如此刺激,富于冒险性,还可以对非洲及其野生动物作更多的了解。

于是,他们给了父亲一个充满激情的回答:"行!"但是,在他们以后的行动中屡屡受挫时,他们的决心还能这么坚定吗?请看下集《智擒大猩猩》。